My brother,
lives in my body.
DARK櫻薰/NOVEL
薩那SANA. C/ILLUST
再見，哥哥大人

[人物簡介]

[龍夜]

龍族聖龍族族長之子，十四歲就被家人趕出門歷練。外表看似天然呆無害，實則是好奇寶寶，也是個過度依賴人的麻煩製造機。崇拜哥哥暮朔的實力，卻也畏懼哥哥大人的魄力。

[暮朔]

龍族聖龍族族長之子，僅有魂魄，居住在弟弟龍夜的心靈一角。有著與龍夜相反的性格與氣質，金錢至上理論，看到好東西會先偷偷摸走。其魂魄力量日趨消散，卻不告知龍夜。

[龍月]

龍族黑龍族之人，兩年歷練歸來的那一天，就被朋友龍夜拉出門，指定他為外出的隨行者。

[龍緋煉]

龍族緋炎族族長，被暮朔指定為指導者，負責處理龍夜歷練的任務。以暮朔的安全與祕密為第一要務，個性冷硬，實力超群，會讀心術。

[疑雁]

聖域銀狼族少主，由於其身分與得知暮朔的祕密，被龍緋煉追殺。身邊跟著的小狼「冰狼」，實則為賢者贈送的寵物。

[茲克]
楓林學院校長，是個看不出是老人家的老人，喜歡戲弄自己學院院生的校長。

[席多·隆]
楓林學院護衛隊副隊長，武鬥院劍士，個性急躁，很怕涅可洛可。

[涅可洛可·拉菲修斯]
楓林學院護衛隊副隊長，個性沉穩，冰系魔法師。

[風·格里亞]

看起來很容易跟人打成一片，實際上個很會算計他人的人。是楓林學院護隊隊長，使風的魔法師，手裡總是拿一把摺扇。真實身分是無領之人、賢的義子。

水世界人民—

[珀因]
旅店情報組織首腦，綠髮黑眼的青年，實則為水世界土地神的代言人。

[光明教皇]
現任的光明教會的教皇，前激進派之首，但還是有發號施令的權利。

[莫里大主教]
九名大主教之一，黑暗獵人的領導者，現任光明教會激進派之首，對光明教皇唯命是

[米隆]
九名大主教之一，教會的溫和派之首，性格溫和。

[米那]
九名大主教之一，與兄長不同，個性有些火爆，是屬於教會溫和派的人。

[菲亞德·史庫勞斯]
現任的黑暗教會的教王，少根筋、說話不經大腦，很容易讓部下有想要打他的衝動。

[亞爾斯諾]
黑暗教王的左右手，被光明教會追殺時，被龍夜所救。

教會—

Contents

prologue 索取信物

有些時候，越想保護什麼，才越會陷入兩難的境界。

疑雁永遠記得，在那位大人意圖拔掉他這個不安定的因素時，有個人堅決的站在自己這邊，即使和其他人對抗，也毫不在乎、毫不猶豫。

「疑雁小鬼只是要找賢者，你有必要殺他嗎？」暮朔不滿的質疑，「如果是針對一體雙魂而對付他，疑雁小鬼很冤的。」

很冤嗎？疑雁每次想起這樣的評語，就會感到溫暖。

明明什麼都不說的人是自己啊！事實上，他確實是不知道該從何說起。

特別是對著那位大人的時候……難道要愚蠢的告訴他，自己的族人想對賢者下手？還是要告訴他，自己的族人不只想殺死賢者，還想取賢者而代之？

別開玩笑了，這種事一旦被那位大人知道，銀狼族肯定會迎來一場戰爭。

身為銀狼族的少族長，更是擁護賢者這一派的疑雁，對於族人們的愚蠢行徑是有怨言的，更是力求阻止的，只是，他不能把族人的命填在裡頭，來作為事情的結束。

所以，面對龍緋煉的追問、逼迫，他是真真說不出口的。

甚至很難說他的沉默有一方面是故意的，就像對自己的懲戒一樣。

畢竟，夜師父跟暮朔師父對他那麼好。

是的，他永遠記得暮朔師父擋在那位大人面前時說的話——

「話先說在前頭，疑雁小鬼要是死在你的手上，你以後就別想看到我。」

別想看到我？這樣的話，疑雁從沒想過有一天會有人為了他這樣威脅別人。

很難不動搖，真的，加上又想起夜師父嘮叨的那一番話。

記得夜師父在替暮朔師父拿通訊符給自己時，額外補了好多句要他躲好、緋煉大人看起來殺心好堅定、最好躲藏處要常常換、這裡情報組織好多，諸如此類的話。

被人這樣瑣碎的交代著、關心著，令疑雁非常訝異。

★雙夜┐再見，哥哥大人/PAGE 006

他一直以為自己被那位大人看管著，是被束縛在同一個旅程裡的囚徒罷了。

沒想到夜師父會這麼在意他，雖然一直知道夜師父總是太單純、太天真，有些爛好人的傾向，可能是因為從小被當成廢材看待吧？於是能為別人付出時，夜師父會像傾其所有般的，想要把全部的信任跟幫助都一口氣給出去。

證據就是，後來夜師父所強調的那一句話。

「我們本來就相信你的。」

「本來就相信」嗎？

簡單的五個字，卻一度沉重的讓疑雁快喘不過氣。

無條件的、絕不動搖的信任，敢這麼給出來的龍夜，某種程度上十分可怕。

可怕到為了對得起那份信任，疑雁一直想著該怎麼說，才能不使那位殺心大起的大人誤會，然後演變成銀狼族跟焰之龍族「緋炎族」開戰。

結果就是，想太多想到腦筋糾結成一團的疑雁，面對龍緋煉那位大人凶殘的壓力逼迫，越想交代清楚就越是不知道怎麼說才好，然後他的「沉默」居然被當成自我放棄。

「我可以當作小鬼二號放棄抵抗了？」

當那位大人這麼說的那一刻，疑雁真後悔平時的不擅言詞，這是致命的缺點！

如果不是龍月在被暮朔師父擊倒後，在痛楚提醒下，終於清醒冷靜了，出面阻止大家繼續腦袋發熱的衝突下去，不曉得最後會變成什麼樣？

多虧了想要大家冷靜下來重新好好說話的龍月和風・格里亞爭取到了一點時間，讓被話卡在喉嚨，半句都吐不出來的疑雁找到說話的可能。

本來以為說不明白的話，居然會在暮朔師父氣急敗壞的吼出那一句「死人是無法說話的。如果你還想要我這個師父，現在就給我當著龍緋煉的面說清楚、講明白」後，莫名其妙就找到說出口的勇氣，點頭說好的開始試圖解釋。

很難說是不是平時的寡言少語派上了用場，疑雁東刪西減的只說著最簡單的辯解，詳細一點的解釋是能跳過、略過就不會說出口，然後……勉勉強強過關的讓那位大人理解了他把心「寄放」在冰狼身上，是因為那位大人太多疑而不得不這麼行動的苦衷。

表面上，氣氛到這一刻總算脫離險惡，恢復到平和的狀態。

早知道這麼輕鬆就能度過難關，疑雁心想，他早八百年前就會坦白了。

所以，最可怕的從來不是「說出口」的當下，而是說出口之前給自己的壓力。

大概是那位大人想殺他的決心太堅定，讓疑雁好不容易可以摸著自家的愛寵冰狼，暗暗竊喜逃過死劫的時候，一個不自覺的就閃神了。

「小鬼我問你，你的族人對賢者是抱持著什麼想法？」

去掉前面五個字的話，後面的問題根本就是他一直掛在心頭煩惱的那一個。

於是，煩惱了那麼久，在被人切中正題的詢問時，天曉得他為什麼想也不想的，就把最讓自己不知所措的「事實」給說了出來。

「賢者的離開是背叛的行為，那是必殺的存在。」

這是銀狼族裡非擁護賢者一派，更是大多數族人的想法。

是的，在銀狼族裡厭惡賢者的族人佔了大多數，如果不是有族長壓制，說不定等不到賢者自行「失蹤」，銀狼族可能就私底下做出了什麼事情來。

身為少族長，疑雁對此感到壓力極大，大到他認為有一天這會是戰爭的導火線。

果然，明明是一時失言罷了，那位大人卻為此動怒了。

要不是自家冰狼反應極快，疑雁非常懷疑自己是不是在說錯話的下一刻，就被發動致命攻擊的那位大人給當場解決掉了。

可以說，在場的其他人包含暮朔師父和自己在內，完全還在狀況外。

面對那位大人殺心大動的準備再一次攻擊，疑雁努力的辯解，卻沒有用。

原以為這次真的不行了，沒想到冰狼居然與暮朔師父手中的木盒起了共鳴。後來才知道，那個木盒是龍夜師父離開聖域前，他們父親交給他的木盒。

木盒的法術紋路以及從裡面掉出的物品——透明圓球，突然讓那位大人改變決心。

疑雁很難不後怕，畢竟自己在同一個晚上連續兩次在死亡關頭徘徊。

不曉得那位大人為什麼看到透明圓球後就出現逆轉性的改變，但是他再好奇，仍不敢主動詢問，深怕一個出錯，這次就是永眠了。

從那天起，龍緋煉便不再找疑雁麻煩，回到以往的相處狀態。

現在，離那天的驚險事件已經過了好幾天，疑雁找上暮朔，把他約出來聊天。

疑雁告訴暮朔，他以前遇到賢者的狀況，還有曾經見過暮朔的經過。

他們乘著夜色，一起聊著自己所知道的賢者，以及——木盒內的透明圓球。

對於那位大人詭異的思維驟變，似乎暮朔也是很感興趣的。

他們雙方都認為，圓球內可能有賢者的信息。

如果不會被誤解、被猜忌的話，疑雁真想主動索求那位大人的解答。

遺憾的是，沒有信心將這話問出口，小命還能保得住。

疑雁想了好幾天，把話題的危險性前前後後想了很多遍，才敢找上暮朔。

只是，是不是有哪裡不太對勁？

疑雁跟自家寵物冰狼皆敏銳的察覺到，說到那個透明圓球時，暮朔隱隱透露出的那份……該怎麼形容好？厭惡嗎？像是看到討厭的、不想接觸的東西一樣的神色。

不是為了找賢者才來到水世界的嗎？暮朔的異常表情是為什麼而有的？

這個問題暫且找不到答案，好在疑雁最終得到了自家師父的應允。

嗯，應該是應允吧？沒有拒絕的默認，是可以歸屬於應允吧？

若是從前，疑雁絕對不會把這麼重要的詢問委託別人幫忙。但是，經過這幾次死亡關頭的徘徊，他卻對那兩位師父產生極大的信任。

總覺得有一種事到如今，方才看見曙光的感覺。

從信任衍生的希望，來自從不懷疑他的兩位師父。

疑雁漸漸發自內心確認了，包括龍夜在內，自己從此多了兩個師父的事實。

——那就拜託您了。

徒弟疑雁是這樣對師父暮朔說的。

所以，身為師父的暮朔硬著頭皮來到位在三樓的307號房。

暮朔數次抬手、食指微勾的想要敲門，卻每一次心中都萌生退卻的欲望。

他終究不想這麼快敲響這扇門，不想面對龍緋煉。

有時別人對你過度的在乎，會變成相處時的壓力，令人感覺喘不過氣。

暮朔深吸口氣，思索許久，內心天人交戰過後，決定——改日再來。

手重重放下，暮朔耙了耙銀色的長髮，瞇起異色的雙瞳，轉身準備離開時，門「咿呀」一聲緩緩打開。

暮朔反射性轉頭，一瞧見開門的是誰，心虛的看著對方。

「緋、緋煉晚安。」

當下，暮朔腦海裡只剩下打招呼這種廢話可以用。

「晚安。」龍緋煉放開抓著門把的手，「找我是想要問那顆圓球？」

聞言，暮朔明白龍緋煉已經將他的內心讀透。

面對龍緋煉的直撲主題，暮朔沒有裝死不理會的勇氣，只能硬著頭皮轉身。

「不敢面對我？」龍緋煉挑眉，淡淡道：「只要你接下來願意聽我的，我可以既往不咎。」

既往不咎？

暮朔嘴角微抽，露出苦澀的笑容。

所謂的聽，是要他安安分分度過接下來的日子，不要到處蹚渾水，專心「自己」的事情，不要再插手龍夜和疑雁的事。

這樣的生活太無趣了，無趣的就像以前縮在聖域裡不斷掩飾自己的存在。

暮朔一點都不想順著龍緋煉的意思，他好不容易漸漸又有「活著」的實感。

「別說這麼苦悶的話題了，我們談點別的？」暮朔決定轉移話題。

龍緋煉紅色眼眸輕轉，在暮朔身上徘徊著，「談別的？你要不是為了透明圓球來找我，哪裡會這麼快就站到我面前……」

暮朔刻意漠視對方話裡隱隱的責怪，抬手道：「那東西是我家蠢弟弟的，還來。」

那個木盒是父親給予龍夜的，就算龍夜不知道木盒的作用，但給了他，就是龍夜的所有物。況且，暮朔一向秉持著「弟弟的東西是我的，我的還是我的」的良好理念，絕不會眼睜睜看龍緋煉「汙」走那樣物品。

龍緋煉輕輕吐出長氣，聳肩道：「你是為了小鬼一號才開口向我討要的？看著我的眼睛，再說一次。」

「唔。」暮朔下意識撇開頭，他沒想到龍緋煉會出這招！

龍緋煉挑眉，暮朔的動作全都收入眼底，他很瞭解暮朔。

這人對於賢者啊、復活啊什麼的，總是懷著排斥的心態，於是不論用上什麼藉口，實際上暮朔想拿回透明圓球就只為了「將它毀掉」這個念頭。

並不關心自己存活問題的暮朔，就算旁人再怎麼擔憂，身為當事人的他一點也不緊張，甚至會做出扯人後腳，不讓別人干擾他決定的舉動。

對於這樣的暮朔，龍緋煉怎麼能把透明圓球交給他。

「這東西就放在我這裡保管，你別妄想取回。」

暮朔暗嘖一聲，龍緋煉太瞭解自己，讓他很難放手做自己想做的事。

「我『看』總可以吧？」暮朔撇嘴說道：「我想看看那東西是怎麼一回事。」

說完，暮朔抬手朝龍緋煉伸去，「怎麼，看都不行？」

龍緋煉揚眉，手掌一翻，一顆透明的圓球出現在掌心上。暮朔見狀，二話不說撲了過去；龍緋煉手掌又一翻，瞬間將透明圓球收起。

「只能看，不能摸。」龍緋煉淡淡提醒：「你說看看而已。」

「……知道。」暮朔沒想到龍緋煉的動作這麼迅速，他差一點就能摸到那顆透明圓球，來這裡之前準備好了特殊粉末抹在手上，就為了碰一碰，然後把它徹底粉碎掉。

擅長打造兵器的暮朔，對於各種礦石什麼的，總有一套出色的處理方法，如果真讓他碰觸到透明圓球，絕對讓它毀在剎那。

可惜了，龍緋煉防得太嚴。

暮朔不著痕跡的雙手指尖互相磨擦，把那些粉末蹭掉，以免後頭不小心損壞了什麼，引起龍緋煉更深的防備，然後，才定定看著那顆圓球。

——真的不是卷軸，而是一顆透明圓球。

不過，那顆圓球雖是透明的，但只要仔細觀察，可以看到圓球內會閃出點點的小光芒。

難道說，卷軸內顯示的地標被改成用這種方式重新顯示出來？

暮朔垂下眼簾，暗自思考。

「嗯？我可以當作是好事嗎？」龍緋煉讀著暮朔的心，點頭道：「開始思考如何使用圓球，而不是一心一意想著毀掉它，這真是不錯。」

暮朔聞言，雙眸霎時睜大，錯愕的看向龍緋煉。

他是哪隻眼睛看到自己認真思考怎麼使用透明圓球？自己只是好奇圓球的作用罷了！再說，既然知道自己想毀掉圓球，為什麼不像以前一樣開口警告？

「暮朔。」龍緋煉忽然鄭重的喊他。

「幹嘛？」暮朔正在煩心對面那人異常的反應。

「風有告訴你，那傢伙有留東西給他嗎？」

「什麼東西？」暮朔蹙起眉頭，他沒有聽說過這件事。

龍緋煉瞥了暮朔一眼，確定他是真的不知道，才雲淡風輕的說：「玉珮。」

「那傢伙的玉珮？」暮朔右手撐著下巴，隱隱約約對那個物品感到……眼熟？

「不用懷疑，就是賢者隨身掛著的那個。」

「那個東西他不是寶貝得要死？」

暮朔愣住了，以前他向賢者討要那塊玉珮，不管他怎麼索取，賢者都不願意給他，怎麼這回，那塊玉珮據說已經到了風的手上？

「你問我，還不如問那傢伙。」龍緋煉丟下最後幾句，「我知道的就是這些，你不用再來問我了。」

然後，他退回房間裡，將宿舍房門輕輕關上。

暮朔看著掩緊的房門，心中的感覺有些複雜。

龍緋煉很少會丟下一堆不清不楚的事情後，就自行走掉，通常是雙方把問題處理完，確定沒有什麼好談了，才會各自離開。

問題是，這次他來這裡的目的並沒有達成！除此之外，還被甩了一個沒頭沒尾，有關風拿到賢者玉珮的話題。

居然就這樣吃了一記閉門羹，心情不悶是騙人的。

但面對龍緋煉不想談下去的姿態，他還是摸摸鼻子，選擇回房睡覺，以免惹毛了龍緋煉，又要強迫自己聽那些重複再重複的嘮叨。

心下決定後，暮朔伸了伸懶腰，忍不住打了一個大大的呵欠——

接下來的事情，明天再說吧！

chapter 01 各自的疑惑

「疑雁，你們的目的到底是什麼？」

疑雁正準備回307號房休息，遇見回同一個房間的龍月。

面對龍月的疑問，疑雁當下反應是看向腳邊跟隨自己的寵物小狼，然後抬頭定定看著龍月，「目的，緋煉大人已經知道了。」

疑雁並不認為需要解釋給龍月聽，對他來說那也是一筆爛帳。

龍月對於這種回覆，手拍著額，無奈道：「對，緋煉大人是知道了，但我不知道。」

「夜師父也不知道。」疑雁眨了眨眼。

「……我好歹是半個知情人士，緋煉大人不准你對夜說，但沒有禁止你告訴我吧？」

半個知情人士嗎？這個人對夜師父很好，或許將來會派上用場。

「也是。」很意外的，疑雁被說服了，「你想要知道什麼？」

「就我剛剛說的，你們真正的意圖。」龍月強調一下，「我所指的，不是殺賢者是大多數銀狼族人共識的那個，而是你們『族長』一派的真正想法。」

不管龍月怎麼想，銀狼族裡大多數人想抹殺賢者，族長一派算是少部分不願意的，但依照銀狼族的性情，那些人不太可能賣族長面子，更不會允許賢者回歸才對。

「朋友。」疑雁淡淡的說：「族長與賢者是朋友，雖然沒有緋煉大人和賢者那麼好，但是卻從他那裡知道，就算賢者退位，賢者之位也輪不到銀狼族，要是動了殺心，更有可能使得下任賢者出現在另外兩族，導致銀狼族完全錯失機會。」

要賢者中途換人或提前退位？根本是妄想。

只要瞭解賢者繼任的規矩，就明白殺掉賢者與繼承人根本是錯誤的作法。

撇開繼任問題，對銀狼族的族長來說，就因為和賢者是朋友，他才會決定保住賢者，不讓自己的族民對賢者不利。

只要人好好的，能夠平安回到聖域，其他的事可以到時候再談。

也就是說，如果那些大多數以「殺人」為訴求的族人是強硬派，那麼族長這邊的就是溫和派，認為「溝通」才能得到好結果。

「你有必要為了銀狼族內部分裂的事，死心眼的守住祕密嗎？」龍月不明白的是這個，既然疑雁是明白人，一開始講明就好，何必可悲的被龍緋煉追殺到小命差點沒了？

疑雁搖搖頭，「不讓緋煉大人知道才是上上之策。」

如同那一天所言，就因為他所遇到的人是龍緋煉，才將自己的「心」藏在冰狼身上。畢竟在所有銀狼族的共同認知裡，遠在龍族的「那位傳說中的大人」是恐怖到沒有人願意招惹的，既護短、偏執、多疑又暴力。

龍月聞言，絕望的摀著臉，這群人有必要把事情搞得這麼複雜嗎？

話說回來，似乎依那位大人的個性，要是知道銀狼族人普遍對賢者懷有惡意，是不是真的會開戰？疑雁努力想守住這個祕密，是不是真的很有必要？

好吧，那位傳說中的大人，確實是個性情難以捉摸又行事恣意的人物。與其相信他不會，不如去擔心，如有萬一是不是真的會開戰好了。

突然，龍月有一種自己蹚了不該蹚的渾水的錯覺。

不不不，當他被龍緋煉惡意拖下水，聽完暮朔實際狀況就深陷這潭泥水了。

「我知道了。」龍月嘆氣道：「接下來你要怎麼辦？」

「繼續做原來要做的事。」疑雁誠實的說。

「就算要做，你現在也無能為力。」龍月肯定道。

沒錯，龍緋煉變相的把疑雁這個人完全從計畫中排除出去。

幾日下來，龍月明顯發現，龍緋煉並沒有叫疑雁做過任何一件事。明明他們目前還處於缺人手的狀態，不論是要處理暮朔靈魂的問題，還是面對教會層出不窮的找人麻煩，都需要人手應對。

「沒關係。」疑雁淡淡的說，「這樣也好，可以專心思考怎麼幫助暮朔師父。」

「這麼說也對。」龍月苦笑。

現在最受暮朔信任的應該是疑雁吧？畢竟先前他被龍緋煉的話術誘導，被暮朔認為他是聽從龍緋煉的。

雖然誤會因格里亞而解除，但那次過後，暮朔很少出現在他的面前。

這讓他有些鬱悶，他想要幫助暮朔，但暮朔不願意接受。

「你，可以找夜師父聊聊。」疑雁突兀的給出建議。

「嗯？」龍月不解的望向疑雁。

「可以針對夜師父處理。」疑雁很認真，「比起我，夜師父更信任你。」

「可是我現在不想被他信任。」龍月勾了勾唇，諷刺的說。

龍緋煉的叮嚀言猶在耳，他不希望因為龍夜對他的「信任」，又燃起「依賴心」。

「只針對暮朔師父的事情，不就行了？」疑雁有預感，「夜師父應該想找你了。」

龍夜是出了名的好奇寶寶，雖然最近專心跟著格里亞做好學的小助手，但憑龍夜的個性，從疑雁得到特赦令、不用被宰開始計算，一連幾天下來，一句問題都沒有發問，看這時間，該到龍夜的忍耐極限了。

「我會努力拿捏好分寸的。」龍月苦惱的揉著額頭。

「嗯，請你記住緋煉大人的叮嚀。」疑雁好心的提醒。

「放心，我記得的。」龍月用力做個深呼吸。

疑雁淡淡點頭，手指著未開的宿舍房門，「你先還我先？」

龍月沒有回應，直接將門打開，率先進入。

他最好先花時間想想，龍夜找他時，他該怎麼回答比較妥當。

不知道是不是疑雁有烏鴉嘴屬性，還是龍夜的想法太好猜。

次日，龍月睡飽了，一出房間就看到龍夜站在門邊，一臉想要敲門，又不敢敲的困擾神情。

「夜，怎麼了，你來這裡是要找疑雁？」龍月故意這麼問。

「不不不，不是找他。」龍夜聞言，趕緊揮手否認，「我是來找你的。」

「找我？你沒有去護衛隊那邊，該不會有什麼麻煩工作你處理不來，才想要找我幫忙？」龍月刻意板著一張臉，嚴厲的說。

「才沒有呢！」龍夜大聲反駁：「格里亞先生去閉關整理資料，又不准我跟，說是放我半天假，沒到工作時間前，我想去哪裡就去哪裡，不要跟著他。」

「哦。」龍月隨口應聲。

怎麼又是整理資料這一招？

上次被騙去整理那批堆成山的資料，龍月光想就覺得渾身發麻。

「月，你有空嗎？」龍夜猶豫了很久，嚥下唾沫，緊張的問。

「現在倒是沒事，怎麼了嗎？」

「想找你問點事情，方便到外面談談嗎？」

龍月看了龍夜一眼，挑眉當作回應。

他們來到宿舍外的休息區，龍月隨便找個地方坐下，「說吧，不過我只回答知道的事情，連我都不清楚的，我也回答不了你。」

為了預防龍夜追問不該說的事，他先下了但書。

龍夜聞言，用力點頭，「放心，這問題你絕對回答的出來。」

「那可不一定。」龍月別有深意的說。

如果問題超出龍緋煉可以容忍龍夜知道的範圍，他就算懂，也要裝成不懂。

「我想要問，暮朔和那個賢者有關嗎？」

龍夜第一個疑問差點讓龍月想要直接起身走人。

這個問題是禁句呀！這要他怎麼回答？

「我不知道。」龍月手抵著額，他感覺自己的頭在痛了。

「這樣呀。」龍夜失望了。

「你為什麼會有這樣的聯想？」以防萬一，龍月還是反問龍夜。

「感覺賢者和暮朔關係匪淺。」龍夜悶悶的說：「從疑雁、緋煉大人和格里亞先生的反應看來，那個賢者和暮朔的關係一點也不單純。」

「暮朔不是說過，他是因為緋煉大人而認識他們的嗎？你不要想太多，真的就是這麼單純。」龍月在心中下了注解，雖然事實是真的不單純。

「可是……」龍夜不甘心的說：「格里亞先生和暮朔熟的太誇張了啦！就算他們是因緋煉大人而認識，但他們對彼此的瞭解太深了。同樣是互相認識的，為什麼月你和暮朔就沒有熟到爛掉？」

龍月點頭。的確，依照暮朔的個性，就算是別人介紹而認識，暮朔也不會讓人知道自己的底細，總是會保留幾分，不讓對方摸透。

拿他自己當作比喻，他也是到了水世界，才從龍緋煉那裡知道暮朔的「靈魂」狀況，更是最近幾日下來的數個事件，才大致猜出暮朔與賢者之間的關係。

從這裡判斷，龍夜的懷疑是正確的。

同時龍月暗自開心了一下，龍夜終於會主動去想這些事情。不然依照平常龍夜的習性，估計是會一直纏著他發問，問說暮朔為什麼可以和那些人相處融洽，而不是認為暮朔交友的說詞有著很大的漏洞。

「而且，緋煉大人就算再怎麼關心暮朔，也沒必要讓暮朔進入他的交友圈吧？」龍夜想了想，說出心中想法，「格里亞先生和賢者在聖域的地位很高吧？和他們一比，暮朔的身分搆不成結交的價值，緋煉大人也沒必要自找麻煩，讓暮朔跟他們熟悉。」

跟著格里亞工作一段時間，龍夜漸漸瞭解這樣的道理。

楓林學院的學院護衛隊，那是眾位院生趨之若鶩，想要加入的隊伍。

他親眼看到那些透過在護衛隊工作的朋友，想要跟著加入護衛隊的院生，被格里亞一個個痛扁回去，就連推薦朋友的「護衛隊友人」也被格里亞抓著連帶處分，將護衛隊內其中一條規定，「禁止靠關係進入」發揮到了極點。

從這裡可以判斷，格里亞真的很痛恨「靠關係」的人。

既然如此，暮朔因龍緋煉而認識格里亞的說詞，就說不過去了。

要真的是靠關係認識，格里亞才不會礙於龍緋煉的面子優待暮朔。

如果不是暮朔說明經過時，剛好事情多，他又是滿腦子想要幫助疑雁的想法，等到這件事過去，他認真回想時，就發現暮朔當初說的那些話問題非常大。

該不會暮朔在騙他？

有可能，因為哥哥大人特愛把事情複雜化，讓旁人摸不著頭緒。

不然暮朔怎麼會是哥哥「大人」呢？

「所以，暮朔並不是因為緋煉大人而認識格里亞先生的吧？」不自覺的，龍夜把心中的結論說了出來。

龍月半垂著眼簾，靜靜看著龍夜。

龍夜罕見的自行推敲到正確答案，他應該要附和、要稱讚的，卻偏偏不能這麼做，一旦贊同了，龍夜一定會繼續追問下去，到時候問題一發不可收拾，他萬一失口將暮朔的「實際狀況」說出去，接下來就是被暮朔、龍緋煉和格里亞三人圍毆了。

「夜，你想太多了。依暮朔的個性，對方想要裝傻，他才不會跟著耍笨，甚至是當場揭穿對方後，一邊用言語諷刺對方居然假裝不認識，一邊狂敲竹槓、佔便宜。」

龍夜聽完龍月這席話，當場愣住。

對啊，格里亞先生在學院的位置非常的高，暮朔不可能眼睜睜放過這麼大隻的肥羊不去痛宰！尤其為了加入特殊班，需要替校長做三件任務，要是暮朔與格里亞是熟識，肯定會「拗」他幫忙快速做完任務的。

「可我總覺得哪裡怪怪的。」龍夜低聲呻吟著，腦子好亂。

「會嗎？是你想太多才會太敏感。」龍月伸手拍拍龍夜的肩後，不再給他反應的機會，「夜，暮朔如果真的想要隱瞞什麼，你都不知道了，我又怎麼會清楚？真要問，你不如問緋煉大人和格里亞，再不然，就問問暮朔這名當事人。」

龍月決定把問題踢出去，他就不相信龍夜真敢去問那三個。

這個狠招一出，讓龍夜僵在那裡張大嘴巴發愣。

龍月確定自己順利把話題糊弄過去，趕緊站起來道：「我有事先走了，你等等不是還有工作？看看時間你也該準備準備了。」

「好。」龍夜發出悶悶的嗓音，抬手與龍月道別，「月，晚上見。」

「等你工作結束再說。」龍月回頭笑笑，然後離開了休息區，思考接下來要怎麼行動。

明明和龍月談話的時間不長，大概是他後頭發呆的時間太長。

很快的，就到龍夜要去護衛隊報到的時間。

當他匆匆從宿舍跑到校長所在的雲華館時，剛好看到一抹黑色身影從館內走出。

還好來的時間有算好，如果晚到，格里亞鐵定會趁機跑得不見蹤影。

「格里亞先生！」龍夜跑到格里亞的身旁，詢問道：「今天要做什麼？」

「巡視校園吧？」格里亞偏頭思考道。

「今天沒有任務？」

「沒有，如果有任務，我也不會去整理資料。」格里亞兩眼一翻，無奈的說。

每次他要面對那堆成山的資料，就有一種想要請別人處理的想法。

幾天前，他為了專心處理龍緋煉和狼族小鬼疑雁的事情，被迫把護衛隊的工作擱在一旁，還去拜託校長暫時不要給他任務，超過五十件再提醒他。

沒想到，校長那個死老頭居然陰險到把那些教職員的研究資料也歸類到五十件任務裡。

校長是想要累死他不成？外出處理任務就算了，動腦思考怎麼把那些萬年的研究任務分類歸檔，再去催那些導師們交出後續的研究報告簡直不是人幹的。

這讓他不禁懷疑，校長老頭的祕書先生是死到哪裡去了，居然放任校長把那些屬於校長分內該處理的工作扔給他去做。

「格里亞先生您辛苦了。」龍夜一臉誠懇。

雖然不知道那些資料處理起來有多麼麻煩，但是看格里亞一臉想要殺人的模樣，一定很浪費精神和體力。

「對了。」格里亞像是想到什麼，偏頭對龍夜說：「校長的任務應該不會有了。」

「為什麼？」龍夜納悶的問。

任務不是進入特殊班的條件？如果沒有任務，他們不就會被學院踢出特殊班？

「因為沒必要。」

「可是剩最後一項任務沒有完成……」

格里亞打斷龍夜的話，「特殊班對你們而言，實質意義並不大。」

龍夜等人進入楓林學院的主因是光明教會，當時如果他們有想到可以偽裝外表的話，哪裡需要進入學院避難，再說現在光明教會忙著處理自家的事情，沒有那種閒暇時間對付他們，留不留在學院也就不是重點了。

格里亞淡淡的說：「所以你也不需要跟著我，可以離開了。」

這是格里亞思量許久，得出的結論。

他因為疑雁的事，不得不讓龍夜等人知道他的身分，於是先前龍緋煉那個「治療靈魂的魔法」的騙局，在身分公開的同時不攻自破。

所謂治療靈魂的魔法，其實是無領特有的法術，與水世界魔法無關，亦是聖域其他族人所不能學習的，於是龍夜已經沒有跟著他行動的必要。

當然，不排除一向直線思考的龍夜至今沒有反應過來的可能。

「呃，可是格里亞先生……」龍夜想要掙扎一下。

「沒什麼好可是的。」格里亞拿出摺扇，摺扇刷一聲展開遮住半張臉，他瞇起雙眸，淡淡的說：「你當初跟著我的原因是暮朔吧？」

既然身分早已揭穿，格里亞在面對龍夜時，終於能把暮朔拉出來談，而一次開門見山的談話，可以早點讓龍夜認清事實，他不是龍夜可以仰賴的對象。

「小助手，你是啞巴不成?是，還是不是?」見龍夜沉默許久，格里亞忍不住皺眉催促。

「是!原因是暮朔沒錯。」龍夜被格里亞過於冷漠的嗓音嚇到，不自覺打了寒顫，趕緊將思緒拉回，立刻大聲回答。

「這樣呀。」格里亞淺淺一笑，將摺扇收起。

龍夜見狀，重重嚥下唾沫，感覺好恐怖，他的答案錯了嗎?

「嗯，挺誠實的。」過了些許時間，格里亞笑著點點頭。

「嗄?」龍夜呆住。

「沒什麼，你不用太介意。」格里亞似乎打算隨便糊弄過去。

「格里亞先生，我的動機跟你要我離開有關嗎?」

「當然有。」格里亞發現龍夜真的沒有反應過來，只好解釋：「你最初的動機是『修復靈魂的魔法』，但那是不存在的，所以，找上我，只是浪費時間。」

「不會浪費時間。」龍夜眨了眨眼，認真的反駁，「格里亞先生，雖然那是我一開始的目的，但現在不一樣，我是真心想要跟您學習，我覺得自己有在成長。」

「是嗎？」格里亞忍住咆哮的衝動，難不成一失足要成千古恨嗎？一朝被龍緋煉跟暮朔陷害成無薪指導者，就再也無法脫身了？雖然無薪隊員龍夜用起來不錯，耐操又抗壓，但是身後一直拖著條小尾巴的感覺不太好。

格里亞躊躇了一會兒，忍住每次都想脫口而出把龍夜罵跑的衝動，畢竟暮朔剛剛得知尋找賢者有線索（透明圓球）了，心情肯定欠佳，絕不能在這時候送上門去讓他找碴。

不得已之下，格里亞認命了，「你要繼續跟著我，我是沒有意見，但我再次提醒你，你跟著我是學不到什麼的。」

龍夜鄭重的保證，「格里亞先生請您放心，只要給我工作，我就會有收穫的。」

格里亞聽完龍夜這席話，頓時不知道該如何回答。

誰管他做任務有沒有收穫、會不會成長，他是真心要趕龍夜走！不然的話，等暮朔壓著龍夜來逼問自己尋找賢者的計畫，他就沒有逃走的機會了。

為了不讓自己陷入那種險境，格里亞做最後的掙扎。

「不要以為有事在忙就代表有收穫，你再好好想想現階段最重要的到底是什麼，不要把時間花在錯誤的地方。」

只是格里亞不知道，他這些話在龍夜的耳中聽來，變成另外的意思。

——格里亞先生是在擔心他嗎？

「我真的沒有問題。」龍夜見格里亞眉頭深鎖，感動的再次保證。

「好、好吧！」格里亞忍不住長嘆口氣，他戰敗了。

既然龍夜這麼堅定，想讓他「自願」走掉就不可能成功了。看來他要調整行動方針，以免被暮朔察覺出端倪後跑來追問。

「謝謝格里亞先生，那麼……開始巡視校園？」龍夜開心的提議。

格里亞無奈的揮著摺扇，認命的出發。

「對了，格里亞先生，為什麼是你巡視校園？」龍夜明明記得，「巡視的工作應該是其他護衛隊隊員的日常任務？」

龍夜記得不久之前，護衛隊副隊長——席多．隆和涅可洛可．拉菲修斯，幾乎天天拉著隊員要他們去巡視校園，而格里亞似乎一次也沒做過。

「是這樣沒錯。」格里亞不否認。

「那為什麼？」龍夜疑惑了。

「因為我是隊長。」格里亞回了龍夜一個危險的微笑。

意思是，身為隊長要負責「驗收」一下？

龍夜在心中再次感嘆——格里亞先生真是辛苦了。

「那麼，格里亞先生，我可以問您問題嗎？」

既然這次的任務是巡視，龍夜心想，他應該可以趁機問一些事情。

格里亞回過頭瞥了龍夜一眼，不在意的揮揮扇子，表示龍夜可以發問。

「暮朔和你認識多久？」

此話一出，格里亞頓時停下腳步，回過身，半瞇著眼上下打量龍夜。

「小助手，問我之前，你有先問過他？」

格里亞口中的「他」是暮朔；龍夜聞言搖了搖頭。

「與其問我，還不如問暮朔。」格里亞不想替暮朔說謊騙人。

「可是暮朔不願意回答我。」龍夜對此很頭痛。只要一問，暮朔立刻裝睡，讓他無法追問。

當然，龍夜有想過要問龍緋煉，但他沒有這個膽子。

「他不說，你問我有用嗎？」格里亞冷淡的回應。

龍夜硬著頭皮，「我想，您也是當事人的，才想要問您。」

「呵。」格里亞眼眸流轉，帶著詭譎笑意說道：「你有沒有想過，就算是當事人，也有只能回答『我不知道』的時候？」

「咦？」龍夜對這個回答感到吃驚。

「嘛，這很簡單。」格里亞雲淡風輕的解釋著，「你哥哥真心想要隱瞞某件事時，不會給其他人知道的機會。而我一旦告訴了你，暮朔一定會很生氣。」

「為什麼？」

「因為我出賣了他。」

僅僅是「認識多久」的問題，都只能回答「不知道」，不然就是出賣嗎？

龍夜摸不清這句話的意思，卻能感受到話裡拒不作答的分量有多重，重到幾乎押上了雙方全部的交情，讓人只能知難而退的放棄追問下去。

「好了，小助手，發問時間過了。」格里亞嚴肅的要求道：「巡視時，我不喜歡有人讓我分心，從現在起，你可以保持沉默嗎？」

「是。」龍夜本來還在心裡暗暗抱怨，巡視時不說話會很無聊，不過又轉念想到，萬一出現突發狀況，因為聊天而分心導致壞事，那可就糟了。

所以，龍夜乖乖緊閉著嘴，跟在格里亞的後頭，開始今日的小助手工作。

光明教會內，一股壓抑的氣息不斷迴盪著。

數日前開始，東區商店區斷斷續續傳來對光明教會不利的報導。

那些有關學院被光明教會單方面欺侮之類的傳言，影響極大。

雖然光明教會是挪亞裡最高信仰的教會，但學院不偏袒任何一方，屬於完全中立的形象更是深植人心。

即使光明教會在第一時間就派人回收有心人士派發的報紙，也有針對報導的事不斷澄清，強調這是不實謠言，告知信徒不用想太多，一切純屬虛構，但不相信的人還是很多，畢竟楓林學院的作風他們是有目共睹的。

而這次的事件，給了溫和派絕佳的機會。

縱使對外的處理上，溫和派依然要維護光明教會形象，消毒什麼的自然也要幫著做，但是在內部的派系鬥爭上，那些報導可是非常好的題材。

誰讓那些襲擊從來不是假的，是確有其事呢！

於是溫和派的人拿著報導，故意指著上頭的記錄，說是有人要刻意抹黑光明教會，為了教會名譽，必須嚴加調查，還光明教會一個清白。

調查方式很簡單，報導上的內容寫了什麼、就查什麼。

那上頭是寫大主教，率人……是率誰來著？看報導指出的時間，當天教會內的祭司沒有藉故離開，所以有問題的可能是黑暗獵人。

既然要查，就要查的透澈。

報導上頭有提到守備隊，他們也將守備隊列了進去。

當溫和派發函詢問銀凱守備隊，關於報導上頭的事件，守備隊回函表示，根本無此事發生。

然而，世界上沒有密不透風的牆，就算守備隊和激進派口徑一致，表示查無此事，那純粹是為了抹黑教會才出現的報導，但實地去事件發源地——東區商店區便可以得知，這件事是「應該」有發生過。

雖然對於教會和護衛隊的紛爭沒有人親眼目睹，但銀凱守備隊的出現和追擊，依然有一大堆「證人」可以作證。

以此推斷，那天是有事件發生的。

提供假情報的守備隊在這件事情上，再不值得信任。

溫和派也不打算繼續「溫和」下去，畢竟他們想要撂倒激進派，若做事再溫順下去，他們永遠無法翻身。

況且，他們溫和派已經和黑暗教會合作，這件事一旦被激進派的人知道，派系規模屬於弱勢的溫和派鐵定會被激進派一次清理乾淨。

不是有句話這麼說嗎?先下手為強。

溫和派拿著在商店區調查出來的消息，強勢攤開到激進派的眼前。

這樣的調查結果，激進派當然是打死不認。

打口水戰是很難有結果的，特別是在證據不夠充分的情況下。

最後，處於溫和派首腦地位的米隆和米那這對兄弟，只能再出去調查，試圖找出更多的證據，來一舉壓下犯了大錯的激進派。

還好，先前和神祕的旅店情報組織——也就是米隆「朋友」的合作依然有繼續，不知道是不是先前「朋友」和激進派合作的不愉快，後來米那奉米隆的命令，去旅店買情報時，意外得到旅店情報商奉送的免費情報，對方唯一的要求，竟是希望激進派敗退。

旅店情報商這樣「貼心」的舉動，倒是讓米那嚇了一跳，還懷疑是不是激進派先找上了旅店情報商，故意要他們給假情報。

但身為旅店主人的珀因不是什麼省油的燈，隨口說上幾個激進派的無禮和過激舉動，就讓聽的人充分領會了為什麼激進派這樣的「客人」會被放棄。

米那向珀因道歉後收下情報，離開了旅店，回到光明教會和米隆會合。

不愧是時代悠久的情報組織，珀因給的情報資料上面，羅列了「那天」的事件參與人名單。

注意，是全部參與者的名單，包含黑暗獵人、銀凱守備隊成員，就連那份報紙特別刊出的「大主教」的「真身」也寫出來了，是——莫里大主教。

見到這個名字，米隆和米那有默契的哼笑了一聲。

該說不意外嗎？

報紙頭條的事件主使者，敢派人對付學院的人，有那種「人力」的，唯有莫里大主教，畢竟他是激進派之首，也是可以指派黑暗獵人的人。

所以，米隆和米那拿出這份資料，在大主教的例行會議中，將矛頭指向莫里大主教，要求他給個交代。

這份資料一出，屬於激進派的部分知情大主教臉都青了。

資料是正確的，要辯解也不知道要用什麼理由才說得通。

要說是楓林學院的陰謀？他們的中立性質已經深植人心，如果要說陰謀，還不如說那是事實，楓林學院不會吃飽沒事做，拿自己的「中立」形象招牌狠砸自己的腳。

如果說是不明人士的陰謀，那麼難道是莫里人品太差，差到讓人需要發黑函攻擊他？真是這樣，黑函也發的太詭異了，引起所有人的注意時，居然故意不寫「大主教」的名字，非得等到教會自行調查，才查出那位大主教是誰。

這樣的迂迴陷害，實在是說不通啊！

莫里在這種狀態下，無論說什麼都沒有用了，因為那些激進派大主教的難看臉色就已經出賣了他。

所以，米隆和米那把這件事往上呈報，讓光明教皇知道這件事。其實他們有想過，莫里大主教平時都是聽光明教皇的命令做事，報紙上的事件，或許教皇也有涉入，但因為沒有證據顯示他「真的」有參與，只能作罷。

畢竟把一教之長扯入這個「小小」事件，那太誇張了，還不如先針對激進派，將那些激進派的成員一個個拔除出去，好使溫和派可以在教會站穩腳步。

也因為這次的「向上呈報」，光明教皇縱使內心多麼的不開心，也要「端正」光明教會的風氣，將事件風暴中央的莫里大主教嚴加查辦，另外那些臉色鐵青，一眼看過去就知道是知情人士的大主教們也一併處理。

但礙於光明教會對外宣稱報紙上頭的事情是純屬虛構，教會不能一次將大主教們全部降級處分，只能以降職程度為區別，一個個慢慢的來。

首先，得把那些大主教架空，讓其他主教先接手他的工作，等到工作上手，能夠完善處理時，再用「大主教身體不適，必須把位置讓出」的破爛理由，讓後面的主教頂替上去，這樣才不會讓人起疑。

米隆和米那趁這個機會，將部分屬於溫和派的主教推了出去，讓他們頂替激進派大主教的工作，趁隙讓溫和派的勢力圈增長。

一些不屬於核心人員的激進派成員嗅出一絲不對勁的氣息，紛紛告假休養，溫和派也樂得讓他們好好休息，比較重要的職位就由自己人去頂替接手。

等到激進派發現事情不妙時，已經大局底定，重要的職位幾乎被溫和派囊括，他們激進派被架離核心區域。就算之後他們查出溫和派與黑暗教會有所聯繫時，激進派成員手邊唯一能夠派出的只剩下黑暗獵人，沒有多餘的人手可以處理此事。

況且黑暗教會的人擅於在暗處搞陰謀，根本沒留下什麼把柄。

真是為時已晚。這是激進派所有人的共同心聲。

他們最後已經無法多做什麼，只能眼睜睜看事態如此變化下去。

chapter 02 偷竊的情報

白天，人聲鼎沸的東區商店區中，可以看到穿梭不停的熱鬧人潮。

一處暗巷內，有著褐髮褐眼，身穿皮甲，神情冷漠的青年，雙目死死盯著遠方。

他目光停留的方向是南方區域，那邊是屬於學院的區域。

在那裡，有他尋找的東西。

透過不同的視野，可以看到一條若有似無的碧色絲線從他遙望的那端延伸過來。

虔誠的抬起手，想捧著那抹碧色絲線。偏偏當他想要碰觸時，絲線瞬間化成碎光。

褐髮青年瞇起雙眸，手重重的放下。

等到他的手不再靠近先前絲線延伸的所在，絲線又再度冒出來，他定定看著那條絲線，過了很久，像是下了決定，腳步邁起，往絲線的一端走去。

——聖物就在那裡。

青年是這麼想，他應該要保護的元素聖物，就在那個地方。

雖然先前去了商會，想與菲斯特商會的會長拿取聖物，偏偏聖物失竊沒了消息。

幸好他是聖物的守護者，就算聖物遺失，還是有其他方法可以將聖物的所在方向找出來，而現在，聖物所指引的方向是楓林學院，他的腦海更自動浮出一個人影。

由聖物提示的目前擁有者外觀，那是擁有黑色長髮，手持銀白色摺扇的青年。

——學院護衛隊隊長，風·格里亞。

元素聖物就在這個人的身上。

他要前往楓林學院，將聖物尋回來。

月落日起，又是新的一天，學院裡大多數院生重複著一成不變的生活。

只是，日子在過，不代表新的一天沒有新的麻煩事發生。

身為學院護衛隊，總是有更多、更令人意外的任務砸到頭上。

奇怪的是，昨天隊長很無聊，和小助手一起巡視校園，然後今天格里亞「又」開口說要再巡視一次，直把一堆待處理的任務拋諸腦後，這實在太超過了。

「隊長，你又想偷懶？」

學院護衛隊副隊長席多．隆，拿起掛在腰間的劍，直指格里亞。

這位隊長大人是閒閒沒事做，把「巡視」的工作用來排遣無聊？

「什麼偷懶，我是這種人嗎？」格里亞拿出摺扇，一本正經道。

「不然，隊長你現在要去哪裡？」席多瞇起眼，懷疑的說。

格里亞聞言，沒有什麼特別反應，僅是微微聳肩，目光朝身後瞥去。

站在他身後的人，是龍夜。

雖然席多有注意到小助手的存在，但依照他常常說話鬼打牆的模式，估計就算龍夜站在他的眼前，席多一瞧見格里亞，又會忘記龍夜就在格里亞的旁邊。

「涅可洛可。」格里亞微微一笑，持扇的手隨手一指，無巧不巧指到席多身上。

不知何時，出現在席多身後的第二位副隊長涅可洛可．拉菲修斯，將手緩緩抬起，貼到席多的後頸上。

「好冰！是哪個渾……涅、涅可洛可！」

席多原本回過頭打算看看是哪個不長眼的人拿涼得要死的手冰他，沒想到會看到涅可洛可的臉，當下話音的尾音霎時揚高八度，發出瀕死的慘叫。

要死，居然是涅可洛可。

「隊長，該如何處理？」涅可洛可淡淡詢問。

「這嘛……」格里亞噙著一抹笑，刻意反問席多，「席多，你認為呢？」

「呃，我不多問就是了。」席多深怕自己被涅可洛可凍成冰雕拖走，只能屈服。「可是格里亞隊長，你很少做重複的事……應該說，你不會把時間浪費在同樣一件事上。」

「看吧，小助手，我就說我的副隊長很瞭解我呢！」不知怎地，格里亞晃晃摺扇，對龍夜說道。

龍夜突然被格里亞點名，著實嚇了一跳。

「欸，見習的，風說這話是什麼意思？」席多馬上轉頭望向龍夜。

龍夜頓時心中五味雜陳，好不容易終於被「看見」了，可是這個問題他答不出來，決定找格里亞求救，並不是他的依賴心作祟，只是當事人不是他，沒道理要被捲入。

「格、格里亞先生！」龍夜催促那個看好戲而不說話的人。

「席多，你如果希望小助手被嚇跑，以免往後要防著被你追問行程或行動原因什麼的，那麼，我很歡迎你繼續逼問他的。」

格里亞邊說，邊露出「身後的小尾巴要消失了真好」的表情。

此話一出，席多馬上把他的嘴巴緊緊闔上。

划不來，這真的划不來。

畢竟他們隊長的行蹤只能靠小助手掌握，只要小助手存在一天，他們隊長休想鬧失蹤，如果逼得小助手不再緊迫盯人的跟著格里亞，真的划不來。

見席多不再發言，龍夜對格里亞投出一個感激的神色。

格里亞一見龍夜那雙感激的眼神，差點想用扇子打過去。

那眼神是怎樣？要不是席多太煩，他也不會那樣說。

拜託，能不能不要再把他當好人看了，格里亞覺得自己很有壓力啊！

「涅可洛可、席多，你們現在沒事？有空嗎？」

格里亞瞇起眼，玩著手中摺扇，問著有時間質疑他工作態度的副隊長們。

席多馬上說道：「如果你需要，我們隨時能抽出時間。」

同樣，涅可洛可也點頭回應。

會需要兩名副隊長同時「有空」，估計有大事需要他們處理。

格里亞見副隊長們極有默契的把時間貢獻出來，露出不明顯的笑，揮揮摺扇指揮道：

「那就跟我來。」

跟著格里亞，副隊長們以及龍夜來到校長所管理的雲華館。

格里亞為了確保不會被打擾，還特地去找校長祕書——闇夜，先通知他，只要有護衛隊的成員進入雲華館，第一，先問目的；第二，「徹底」請人離開。

至於徹底的意思，就是要那些成員離開雲華館後，不會再回來。

需要做到這種隊員們不會過來干涉的程度，彷彿在全面戒備著什麼。

所以當四人來到一間空著的研究室，格里亞確定所有人進入後，竟然還用手段將門上鎖。

「隊長，您這是？」涅可洛可偏頭，一臉不解。

「呼，談事情總是需要方便談話的地方。」

「有必要神祕到跟雲華館借研究室嗎？」席多嘴角抽了抽。

他平生最恨的，就是規規矩矩在一個地方坐著談事情，他沒辦法安穩的在一個地方停留超過十分鐘呀！

「席多，隔牆有耳。」

格里亞故意加深嚴重性，其實看席多急跳腳的模樣，真是既新鮮又好玩。

「隔你的牆，有鬼的耳。」席多毫不猶豫賞了格里亞一記眼刀，「風·格里亞。你最好有這麼嫩，嫩到被別人靠近偷聽或用手段竊聽都不能發現！」

並不意外的，連涅可洛可也點頭認同席多的反駁。

如果格里亞當真這麼弱，也不會是學院護衛隊隊長，不，應該是，就算僥倖成為護衛隊隊長，鐵定當不到幾天，就會被後面的人給拉下去。

對於兩位副隊長異口同聲圍堵隊長，龍夜頗為新奇的看向格里亞。

「沒辦法，不能給人『看見』。」格里亞特意在某兩個字上加重音的微笑回覆，「不然你們幫我出出主意，除了這裡之外，哪裡是不會被人干擾的地方？」

話一出，兩位副隊長無語了。

「再問問，當隊長和副隊長們『同時』失蹤，隊員要去哪裡才能找到人？」

淡漠的嗓音從格里亞唇中溢出，輕描淡寫的回答，卻讓席多和涅可洛可縮了縮脖子，不敢繼續多言，雲華館確實是個讓人無法闖入搜尋的好地方。

「所以，地點方面，你們沒有意見了？」格里亞靜靜等著回應。

「我看隊長是故意做給校長看的。」

席多縱使有千百個不願意，也只能接受，即使如此，還是忍不住要一下嘴皮子，表達內心的不甘。

「席多，你再說一句，隊長就會把你轟出去了，到時你別抱怨隊長排擠你。」涅可洛可句句見血，刺了席多好幾下，又說：「就算你知道隊長是怕校長以為他很閒沒事做，故意在校長的眼皮底下討論事情，你也不可以說出來。」

「噗——」龍夜聽到這番話，當場笑出來。

平常沒有注意到，今天才知道，原來兩位副隊長一旦認真針對某人，會變得很好玩。

「小助手別笑。」格里亞一手抵額，頭痛道：「夠了，別給別人看笑話。」

喝聲響起，兩位副隊長終於罷口。

寂靜瞬間籠罩研究室，格里亞揚眉，確定可以談論正事，才把話題帶入重點。

「嘛，涅可洛可，你調查的怎樣？」

「嗄？」涅可洛可聞言，感覺不對勁，「隊長，您說的是哪件？」

不只隊長，副隊長的工作也很多，他的手中有數個任務同時在跑，如果格里亞沒有講明是「哪件」任務，要他馬上回答還挺難的。

格里亞瞥了涅可洛可一眼，不知道是不是涅可洛可的錯覺，那眼神讓他渾身發麻，喉頭咕嚕一聲，用力嚥下唾沫。

「隊、隊長有問題嗎？」

「涅可洛可。」格里亞燦爛一笑，涅可洛可背脊一寒，又抖了一下。

「有哪件事是我會特地問你進度的呢？」

涅可洛可聞言，雙手一拍，恍然大悟。

「是光明教會？」以防萬一，涅可洛可還是刺探一下。

格里亞點頭，「不然你以為是哪件？」

「教會內還是找不到進入的方法。」涅可洛可很誠實，「格里亞隊長您也知道，偽裝成祭司這條路根本行不通，我最多只能在教會附近探查，可外圍能知道的事情不多。」

調查光明教會這件事，基本上實行這項計畫的人只有涅可洛可，畢竟人多嘴雜，派去做事的人一旦多了，有可能發生難以預料的狀況。

這也是格里亞至今沒有幫涅可洛可尋找可靠人手協助他的原因。

「隊長，涅可洛可又不是你，可以偷取別人的記憶，況且他只有一個人，教會外圍又那麼大，運氣不好的話，一整天下來也沒個收穫的，你不能太期望他的任務進度。」

平常席多是很怕涅可洛可，但涉及工作時，他還是會說公道話的。

「是嗎？」格里亞瞟了席多和涅可洛可一眼。

席多非常確定，他們家隊長在鄙視他們。

「隊長，有話直說，反正這裡沒有其他人。」

「小助手，你報告一下昨天的逛街成果。」格里亞一聲令下。

「咦？我？」龍夜嚇了一跳，怎麼好端端的，話題跑到他身上了？

「對，就是你。」格里亞摺扇一指，朝龍夜點去，「你說給他們聽。」

接著，格里亞隨手拉開一張椅子，坐了下來。

所有人，包含龍夜看著格里亞迅速無比的動作，一致認同格里亞是想要省了說話的時間，趁龍夜解釋時，打混摸魚偷偷休息。

龍夜見狀，忍不住嘆了口長氣，只能好好發揮小助手的功用，將事情說給面露凶光的席多副隊長和看似表情沒有變化，卻身放寒氣的涅可洛可副隊長聽。

昨日，格里亞對龍夜說是巡視校園，要他靜靜跟著就好。龍夜卻看著格里亞直直走向校門口，像是有目標的在朝特定方向前進。

即使龍夜滿腹疑惑，但礙於格里亞先前的警告，也不敢詢問，只能乖乖跟著。

看格里亞的動作，很有可能要離開楓林學院，龍夜從懷中拿出暮朔製作的偽裝符咒，先把法術施到身上，把髮色和眼睛顏色給染成黑色，再跟著一起走出楓林學院。

這個楓林學院的出入口是連接西區住宅區，格里亞先去北區的公會區域，再繞到東區商店區，一路上走得毫不遲疑也毫不拖泥帶水。

繞了這麼大一圈，卻沒跟人接觸，讓龍夜完全摸不清格里亞的意思。

難怪格里亞被眾位隊員們封為「最難懂」的人。

好好的「巡視校園」怎麼變成「巡視首都」？龍夜快好奇死了。

不知道是不是龍夜一不小心就把問句脫口而出，格里亞突然回頭看向他。

「有疑問就說，你想知道什麼？」

「可以說話了？」龍夜納悶問道。

記得格里亞要他不要說話的，怎麼一到東區就解除禁令了。

「你想要當啞巴閉嘴也可以。」格里亞抬手，對龍夜說：「小助手，過來一下。」

龍夜吶吶走了過去，格里亞迅速拉住龍夜，將他拉到旁邊巷道。

面對格里亞突來的舉動，龍夜差點反射性攻擊，在出手的前一刻，才突然想到拉住他的人是格里亞，只好不反抗的跟著躲進巷道。

兩人進入巷道後，格里亞的袖口一抖，掌心裡落入兩顆指尖般大小的，帶著詭異色彩的黑色圓球。

「那是什麼？」

龍夜眨了眨眼睛，直覺認定這兩顆圓球很危險，或者該說，圓球所散發出來的魔法波動，讓他有種不妙的預感從心底油然而生。

「這個？」格里亞獻寶般，晃了晃圓球道：「之前涅可洛可不是潛入失敗？好像是因為光明教會內部有專門破解偽裝魔法的神術。」

龍夜點頭，的確，依照光明教會偏激的行事作風，估計會有很多人恨他們恨得牙癢癢的，於是為了不被報復，教會的防禦工作一定做得很好又多樣化。

「所以，我找了幾個人，好好的研究一下涅可洛可的偽裝魔法。」

「他有答應？」不知怎地，龍夜想要替涅可洛可掬把辛酸淚。

所謂的「研究」，會不會過程非常慘烈？是不是很血腥的那種？總不會是解剖吧！

「喂喂，小助手你那什麼驚恐表情？你是不是忘記我那幾項可靠的能力？」

格里亞抬手，輕描淡寫朝龍夜的肩頭拍去，「我只要知道魔法的大概架構就好，可以由此逆推教會的破解方式，再找人幫忙做出應對的道具。恰好涅可『非常』介意自己的魔法被人破解，一聽到我要研究，他馬上表達配合的意願，是主動的。」

「啊？啊，嗯。」龍夜傻眼了一會兒，沒有太蠢的意會過來。

「是不是就像暮朔打造的武器被打斷，就會想研究被打斷的原因再把武器改良一樣？」

「嗯。」格里亞有些無奈的點頭，龍夜的舉例竟然是拿暮朔做範本……

雖說當時涅可洛可對格里亞解釋時，表示魔法是被光明教皇發現和破解，只要不去教會內部的話，在外圍騙騙一些底層人員，不會有問題。

格里亞卻為了涅可洛可的安全起見，決定把他的魔法「漏洞」解決掉，好確保他日後再次執行偽裝任務時，不會又出問題，連累小命不保。

「那顆圓球是研究成果？」龍夜指著圓球訝異的問。

格里亞拋了拋手上兩顆黑色圓球，「今天我們用這個『逛街』。」

說完，格里亞手用力一捏，「啪」的清脆碎裂聲響起後，手迅速一甩，一顆有著裂痕的圓球朝龍夜扔去，還沒打到人，便忽然消失。

龍夜低頭瞧了一會兒，又伸手摸摸自己的身體。

呃，身體好好的，沒有異狀、沒有變化，有成功嗎？

「這是另外一種版本的偽裝魔法，純粹的鍊金道具效果，使你不會覺得自己的外貌有所變化，但在別人的眼中，你會是他們的同伴，而不是陌生人。」

不知怎地，龍夜感覺格里亞的笑容很煩躁。

「感覺格里亞先生這次是刻意在使用鍊金術道具。」所以才會隱隱心煩。

格里亞沒有否認，「上次你們鬧出來的事情，讓我意外發現此地有土地神存在，我想……盡量不要動用到與聖域相關的法術，用當地人的處理方式會比較好。」

「土地神？」龍夜對這個詞感到陌生。

格里亞揮了揮手，不打算在這個時候抽空詳細解釋。

既然準備工作已經完成，他也該搜尋目標，進行今日「真正」的任務。

所謂的目標是光明教會祭司，最近光明教會一直沒有大動作。

格里亞為此感到不安，記得上一回他才為了救隊員而跟光明教會的大主教槓上。

況且，他還因為龍夜他們突然冒出來的「內鬥」，為了爭取時間，想出「派發早報抹黑教會」這種方式，讓光明教會忙著處理自家事情，暫時無暇分身。

但這樣一來，光明教會對學院護衛隊——甚至是楓林學院本身越發厭惡，不派人找回場子跟面子，是絕對不可能的。

若不是格里亞最近幾天忙著處理累積的任務，沒空注意光明教會的動態，也不會掌握不住時局變化。

令他不解的是，既然他沒有對光明教會窮追猛打，光明教會應該早把「謠言」止住，接著就是開始找發報員的麻煩吧？

偏偏格里亞指使涅可洛可用當初發派報紙的模樣在街上亂晃後，一路下來，竟沒有人找他麻煩，一切平靜的像沒有這事發生似的。

不然他也不會決定親自來查探光明教會的狀況。

只要攔下一名祭司，他就有辦法讓對方把腦海裡的訊息全挖出來。

「然後呢？見習的，你可以馬上跳到重點嗎？」席多心急的催促。

龍夜翻了翻白眼，無奈望向不知何時已經倒頭睡死的格里亞。

既然席多不想聽過程，他也省下解釋的口舌，直接把話題拉到重點。

「格里亞先生堵到一名祭司。」龍夜繼續往下說。

格里亞施加在兩人身上的魔法很有效，當他們「巧遇」一名光明祭司時，對方還以為是遇到同伴，毫無防備的靠了過來。

「之後的事你們清楚的，格里亞先生不止『偷』走記憶，還讓祭司忘記見過我們。結論是情報順利拿到，結束。」龍夜這次簡單扼要的說完事件始末。

「見習的，這太精簡了。」席多鬱悶的想要吐血。

瞬間，龍夜有想要丟符紙打人的衝動，是席多要他說重點的。

「情報我並不知道，格里亞先生沒有跟我說。」

當時龍夜也有詢問，但格里亞卻是用「隔牆有耳」、「這裡是別人地盤」等等的理由，拒絕說明。

此話一出，所有人目光一致的望向依然睡死的格里亞。

「風．格里亞，不要再睡了，起床！」

副隊長席多．隆一腳抬起，用力踹向格里亞所坐的椅子。

「磅」的一聲，椅子重摔在地，而人……格里亞在席多踹椅的瞬間，雙眼霎時睜開，俐落向上一跳，逃過連人帶椅一起倒地的慘劇。

格里亞單足輕點，輕盈的旋身落地。

他拿出摺扇，打開後輕輕搧動著，還毫不遮掩打了一個大呵欠。

「小助手說完了？我還想小助手要說到晚上。」

席多賞了格里亞一記大白眼，看來隊長根本只是為了偷懶。

龍夜苦笑的指著席多，「席多先生對過程沒興趣。」

格里亞暗嘖一聲，「好吧，你們想要知道我拿到什麼情報？」

「很有利？」涅可洛可分析說道：「不然格里亞隊長您不會沒有當場說明。」

依照格里亞的作風，如果沒有拿到有利情報，有十成十的機率會忍不住連連抱怨，反之，如果不願意說明，就是他拿到重要情報，暫時不會告知別人，以免情報外洩。

「怎樣的情報？」席多雙眼放亮，「可以黑掉光明教會嗎？」

之前涅可洛可被襲擊，人差點回不來，讓席多記恨在心。

「黑掉？」格里亞冷哼一聲，「不用黑，他們內部已經差不多分崩離析，不用我們出手，他們就先自滅了。」

「怎、怎麼了？」龍夜倒抽口涼氣，是出什麼大事了？

格里亞詭異笑了笑，「光明教會內部出現派系鬥爭，似乎我們放出去的消息，讓原本的弱勢派系抓到機會，拿這件事狠狠對付另外一個派系。」

「激進派跟溫和派？」涅可洛可假扮祭司潛入光明教會時，有聽到這兩種派系名稱。

「對。」格里亞點點頭，「嘛，他們挺厲害的，把事情始末全部查了出來，證據齊全的讓激進派完全無法否認。」

「一般祭司怎麼會知道這種事？」涅可洛可懷疑的問。只是在外圍遇到個普通祭司，就能得到這樣的情報嗎？太誇張了。

「是因為鬧太大？」龍夜順著他的話，接著問。

「對。」格里亞不諱言的說：「畢竟溫和、激進這兩方派系全員被牽扯進去，基層員工還不知道那就好笑了。」

畢竟太大規模的變動，就是底層祭司也瞞不過去的。

「那麼最近可以不用管光明教會？」席多又問。

「嗯。讓他們自己內亂，我們沒必要攪和進去。」

「沒有其他要事？」涅可洛可表情古怪的追問。

格里亞看了涅可洛可一眼，搖頭說道：「就這些事，沒了。」

涅可洛可聞言，狐疑看著格里亞，他不相信自家隊長只為了這一點原因就將他的兩名副隊長召集到同一個地方，聽這些實際上沒有用處的調查結果。

如果說是要讓兩位副隊長安心，和告訴他新開發的偽裝道具確定可行，也只要私底下說明就好，沒有必要來到雲華館的研究室「討論」。

「不然你們以為有什麼事？」格里亞一臉無辜的問。

席多馬上說道：「例如光明教會又來找麻煩之類的。」

涅可洛可在一旁附和的連連點頭。當初會照著格里亞的意思來雲華館，他是真認為有大事要交代。

「挺敏銳的。」格里亞低聲喃喃自語。

龍夜捕捉到這句話的尾音，「格里亞先生，您說什麼？」

「沒有。」格里亞忽然偏過頭去，「涅可洛可、席多。」

「是。」突然被點名，涅可洛可和席多有默契的同時喊道。

「最近要加派人手巡視學院，可能會有一些校外人士潛入，需要多注意。」

「咦？」席多愣住，「隊長，學院的門不是……」

「對，我知道。」格里亞截斷席多餘下的話，「學院的防範不見得周全，『小心駛得萬年船』你沒聽過嗎？世界上並沒有絕對的安全，一切小心為上。」

「隊長擔心先前學院情報外流的事情會再次發生？」涅可洛可想到可能性。

龍夜聞言，銀色雙眸霎時瞠大。

所謂情報外流的那件事，不正是哥哥大人因祭司而受傷的事？難道格里亞先生認為這種事會再次發生？

龍夜想到這一層，擔憂的看向格里亞，如果真是這樣，潛入的會是誰？

格里亞注意到龍夜那殷切期盼答案的眼神，眼神一瞇，故意挑釁的問道：「小助手，你對我的防範措施有疑問？」

「不不不，我沒有。」龍夜趕緊搖頭。

「沒有就好。」格里亞轉頭看另外兩個，「你們呢？」

「沒有。」席多搖頭，隊長這麼說了，他就會配合。

「沒有就散會。」格里亞馬上開始趕人。

席多和涅可洛可對格里亞微微鞠躬後，一起離開研究室。

「格里亞先生，您為什麼沒有把那件事告訴他們？」

龍夜說的，是格里亞偷取那位倒楣遇到他的祭司的記憶前，聽到的談話內容。

「元素使者？」格里亞雖是這麼說，內心卻改成「聖物守護者」。

「對。」龍夜用力點頭。

「怎麼，你沒有說明給他們聽？」格里亞輕笑反問。

「呃。」龍夜頓時語塞。

難怪格里亞認為他會解釋到晚上，原來根本原因在這裡。

要不是席多只要聽重點，他鐵定會聽到元素使者這一段，之後也不會一直問光明教會的問題，更不會認為格里亞隱匿重點不說。

好吧，是他的錯。龍夜深深檢討著，順便把當時的經過回想一遍。

當時，倒楣祭司一個人在外頭閒晃時，嘴裡是這麼碎碎唸的——

那個消失的元素信仰信奉者出現了，目的似乎是元素聖物，聽說聖物是在楓林學院裡。

這個喜歡到處聽流言的祭司，雖然本身是信奉光明信仰，但對於其他信仰的各種小道消息好像挺熱衷的，尤其是最不熟悉的元素信仰。

誰讓元素信仰到現在，基本上已經成為消失的信仰。

當時，格里亞就以聊天的姿態詢問祭司知道的經過。

祭司的說法是，先前聽說元素聖物在商會那裡失竊，至今沒有找回來，讓光明教會這邊的人不斷猜測聖物是被學院護衛隊藏起來了，可是學院護衛隊直到現在，還擺出一副認真搜尋商會失物的態度，讓教會半信半疑的選擇暫且觀望。

格里亞聽到這裡，不禁疑惑教會後來為什麼會堅定的認為聖物在學院。

祭司說教會會把目標「重新」放到學院，是因為元素使者最近一直繞著楓林學院打轉，讓他們不得不懷疑其實元素聖物就在學院裡。

光明教會最深處的大殿內——

「動態如何？」有著金色長髮與瞳色的年輕男子，命令般的索問。

能在教會裡擺出這種傲然態度的，當然是光明教會的教皇。

他的問題一出，一名身穿邊緣鑲有銀金色紋路的白色祭司服的人進入殿內，對著位在最裡側的光明教皇鞠躬，他是光明教會九名大主教之一的德斯特大主教。

他是唯一沒有因「早報事件」而被溫和派架空職位的人。

「教皇冕下，您所指的是溫和派還是元素使者？」德斯特瞇起狐狸般的眼眸回問。

光明教皇不快的微微皺眉，「都有。」

「嗯，溫和派掌握住所有局勢了，我們這次輸得很慘。」德斯特坦然道。

聽到「輸」字，光明教皇的臉上寫滿了不悅。

「把莫里解決掉。」

面對一直犯錯的部下，光明教皇一忍再忍，這回並不想放過他。如同他先前對莫里所言，他只會給莫里一次機會，失敗，就不用回來了。

「教皇冕下，莫里還有用處。」

「哦？」光明教皇催促的看向他。

德斯特認真道：「莫里即使被架空了，至少還有一個優點……就是對教皇冕下的忠誠心，特別是您需要一個明顯的標靶，讓溫和派的人不會把注意力集中在您身上，替您繼續揹著黑鍋，就是他殘存的利用價值，莫里還不能死。」

光明教皇被說服的點點頭，「元素使者呢？」

這個人是個麻煩，一日沒除掉，元素聖物就算找到，也有可能被奪回。

「元素使者的目的地已經確定了，是楓林學院。」

「溫和派那些人，應該會把這件事通知黑暗教會的人。」

光明教皇對此非常不滿，早知道溫和派會與黑暗教會合作，他應該在一開始就將溫和派全部清除，不讓這些人造成他的困擾。

德斯特點頭，除去內部麻煩的溫和派，黑暗教會和楓林學院就是外在的麻煩。他想了想，提議道：「教皇冕下，先前可能是學院在放出不利於我們的消息，或許我們可以針對元素使者一事，給楓林學院和黑暗教會一些『麻煩』。」

「哦？」光明教皇有興趣了。

「元素聖物的位置是我們根據元素使者的動態臆測出來的，實際上，我們並不確定正不正確，但我們可以『同時』放出風聲給黑暗教會和學院，讓他們兩虎相爭。」

——元素聖物就在楓林學院。

不論是誰聽到這樣的消息，一定會去學院探問。就算黑暗教會忍得住不馬上行動，一樣會有其他勢力找上學院。

一旦有人當出頭鳥，黑暗教會哪有可能忍下去，肯定會尾隨而上。到時既絆住了學院，又讓黑暗教會忙得無法再幫助溫和派，他們激進派就有機會反過來全面壓制溫和派，甚至是清除。

畢竟他們還有黑暗獵人，那是溫和派無法控制的光明教會最忠實信徒。

「不需要這麼麻煩。」光明教皇想到那名潛入光明教會，來到自己面前的學院護衛隊成員，他有更好的計畫。

仔細想想，光明教會目前的麻煩大多跟學院護衛隊有關，一跟他們扯上關係就沒有好結果，那乾脆一不做、二不休，直接放出「元素聖物在護衛隊隊長凰・格里亞手上」的消息，讓那位隊長變成眾人攻擊與質問的目標。

德斯特聽完光明教皇的計畫，唇角緩緩勾起。真不愧是他們的教皇冕下，借刀殺人的法子也想得到。

「這件事就交給你了。」

德斯特大大鞠躬，接下了光明教皇這道命令。

他要好好思考，該怎麼做，才可以完美實行這項計畫。

chapter 03 真相與假象

送走兩名副隊長後，又為了處理逗留在水世界的聖域銀狼族人，格里亞再一次用「整理資料」做藉口，把龍夜遣開，隨便他到處晃。

在此之前，他先將一些護衛隊的工作回報給校長，才接著處理自己的要務。

當初龍緋煉把事情鬧得太大，他不得已將自己的身分說給兩名銀狼族人知道，現在事件結束，他也該「適時」警告那些人，別把他的事情洩漏出去。

好在他的身分挺有用的，不需要太多威脅就能達成目的。

等到格里亞輕輕鬆鬆把這些事處理完畢，不知道算不算是巧遇，一回楓林學院，就看到龍月往他所在的方向走了過來。

找他？還是路過？絕對是第一項了吧？

格里亞抿著唇，左思右想，龍月會找他的原因應該只有一個。

如果不是跟暮朔相關，就是他的身分了吧！

格里亞習慣性拿出摺扇，決定不跟他糾纏的轉換行動路線。

「風．格里亞！」一見到人，龍月立刻放聲大喊。

格里亞見狀，不得不停下腳步，「找小助手？他不在我這裡。」

依照先前拐騙龍月去做整理資料工作的模式，先把小助手扯出來就對了。

「呃，我沒有要找夜。」果然，龍月被格里亞的搶話給弄愣。

格里亞輕笑道：「那是找我？可我不記得，有什麼值得你找的。」

「有一些事想要問你。」

「如果是要問我銀狼族的問題，他們那邊我剛剛解決了。」格里亞淺笑道：「還是你那天整理資料整理出心得來了，想要繼續幫我整理？」

一說到整理資料，龍月瞬間臉色發白，他才不要！

「嘛，別緊張，剛才是開玩笑的。」格里亞晃了晃扇子，要龍月放輕鬆。

龍月並不認為這個人是在說玩笑話，但是轉身就逃也不可能。

「我想知道你怎麼跟暮朔認識的。」他決定直接切入主題。

「噗。」格里亞忍不住笑了出來，「你們不愧是朋友，真有默契呢，一個問我和他認識多久，一個問我怎麼跟他認識。」

龍月反應極快的追問：「是誰問過你認識多久？是夜嗎？」

「不然是阿貓阿狗？可惜小助手問錯人了，我是不會回答他有關暮朔的問題。」格里亞揚著笑，睨了龍月一眼道：「那麼你呢？你會告訴他暮朔的事？」

「不會。」龍月搖搖頭，「我不會給夜添麻煩。」

龍夜目前的進展非常良好，這是暮朔說的。

如果他將暮朔的狀況說給龍夜知悉，鐵定會給龍夜極大的壓力，只怕會好心辦壞事。

「可以試試看的，如果說給小助手聽，他會有怎樣的反應？」

「我說了也沒用，因為你會竊取別人的記憶，你不會允許夜知道的，不是嗎？」

「嗯，我會這麼做。」格里亞不否認，更順口說出威脅的話：「而且我還會把你腦袋裡有關暮朔的『重要』訊息也一併帶走。」

龍月聞言，嘴角微微抽搐，這人根本不想讓自己說出去，前頭卻說出那種「引誘」他犯錯的話，簡直太陰險了。

「我不會告訴夜的，我只是不想一知半解的，你可以告訴我嗎？」

格里亞移開視線，「龍夜我都拒絕了，你覺得我會告訴你嗎？」

「會。」龍月很肯定，「該讓我知道的，你們不會隱瞞。」

格里亞唇揚起，不否認龍月這席話。

「況且，暮朔的身分我大概猜到了。」龍月頓了頓，「暮朔是賢者的繼承人吧？」

這個答案他心裡已經有底，只差確定而已。

「嗯？」格里亞晃晃摺扇，「是又怎樣，不是又如何？」

龍月緊張的倒抽口氣，不知道該不該問下去。

「反正不管問不問，如果我不想讓你記得，你就不會記得的。」

格里亞惡劣的說著，不曉得該算是引誘或是警告的話。

不知道是不是龍月的錯覺，雙方談話到現在，格里亞一直刻意提醒他，他可以讓人遺忘曾經發生過的事、說過的話。

「所以你願意告訴我？」龍月決定至少這一刻他要知道。

格里亞靜靜看了他一會兒，「好，你想知道什麼？」

「在這裡說？」

龍月呆了，就這麼隨便？

格里亞不悅的看他，「你是不是忘記我是學院護衛隊的隊長？」

龍月瞬間投給格里亞一個鄙視眼神，他沒忘記格里亞在這裡的身分。

「放心，我一天下來超過十幾次被院生和隊員『偶遇』。」

格里亞變相的在證明，他們就站在這裡說，沒有問題的，不會引人注意。

「可是……」龍月有點猶豫，沒有使用法術遮蔽聲音，這樣好嗎？

「真愛擔心。」格里亞打了一個大呵欠，晃晃扇子，扇身泛起淡淡白光，白光順著風撒在周圍，「可以了嗎？簡易結界，談話聲音只有我們雙方聽見。」

龍月點頭，這樣就夠了。

「暮朔還剩多少時間？足夠把賢者找出來嗎？」

撇開先前誤會格里亞會特殊魔法的事，但總歸是治療過暮朔的，對於暮朔靈魂的實際狀況，他應該很瞭解。

格里亞苦惱的道：「我最多只能推論出大概的時間，詳細時間只有當事人知道。」

龍月右手拍額，這回答跟沒有說一樣呀！

「至於夠不夠找到賢者——」格里亞笑了笑，伸出食指比出一，「緋煉身上有小助手和暮朔父親所給的木盒，裡面的物品是一顆透明的圓球。」

龍月點頭，那東西他有看到。

然後，格里亞再伸出一根手指，比出二，「那個銀狼族的小鬼身邊有一隻賢者贈與的白色小狼，是第二個與賢者相關的『物品』。」

到此格里亞停頓了一下，正當龍月以為格里亞說完了，卻見他比出三。

「校長老頭是賢者的合作人，那個傢伙也給了老頭一個『信物』。」

龍月看到格里亞把摺扇收起，取而代之的，是一塊白色玉珮。

到此格里亞又伸出第四根手指，「最後，第四件……是用來當作最後保險的。」

「是什麼？」龍月有一種格里亞在「強調」的錯覺。

格里亞微微一笑，吐出第四件物品，「元素聖物。」

這回，龍月已經不單單是「驚訝」而已。

聽格里亞說話的口氣，似乎掌握了據說失竊的元素聖物！

如果元素聖物就在格里亞手中，那之前格里亞是在跟他們裝傻，至今學院護衛隊依然大規模搜索元素聖物的舉動只是個幌子？

「緋煉大人不知道？」龍月第一個反應是這個。

「他不會知道的。」格里亞略微自豪的說，「我是賢者那邊的人，總會一、兩種隔絕『心靈竊聽』之類的小把戲。」

「所以你需要的四樣信物都齊了？」龍月很吃驚，他本來還想幫上點忙的。

「對，都齊了。」格里亞點頭承認。

「為什麼不快一點……」龍月有些錯愕，既然齊了，格里亞怎麼不行動？這情況還真詭異。

「齊是齊了，不過是湊在一起而已，緋煉手上的、狼族小鬼身邊的，我不知道怎麼用啊，光是看著能派上什麼用場？總之我還無法研究出找到那傢伙的方法。」

格里亞為此十分頭痛，在沒有弄清楚這四樣信物如何作用前，怕龍緋煉那傢伙因為擔心暮朔而心急壞事，所以他暫時還得繼續瞞下去。

「除了我之外，還有誰知道？」過了許久，龍月這樣問。

「就我跟你。」格里亞笑笑的說。

「我？我是抵擋不了緋煉大人的。」龍月自認沒有格里亞防竊聽的手段。

「放心，我一開始就說過了。」格里亞從談話開始，就暗自對龍月做了手腳，讓他離開自己以後，就會下意識將對談遺忘掉，只有在自己刻意影響時，才會想起，如此一來，龍緋煉能力再強，也無法得知龍月根本記不得的事。

「是嘛……」龍月有些遺憾自己知道的這些事可能記不住，但是，就跟疑雁非得把心寄放在冰狼身上一樣，龍緋煉那位傳說中的大人實在太多疑又太難搞。

只是，「計畫越少人知道，風險越少，你不怕事有萬一嗎？」

格里亞揉著抽疼的額頭，不得不承認，「我總需要找人說的。」

「是需要我做什麼嗎？」龍月認為這是最有可能的原因。

格里亞點頭，「我現在需要點人手來幫我做事。」

「可以。」龍月直接答應。

反正這灘渾水他蹚下去了，就不介意跟著格里亞一起行動。

格里亞與龍月的暗盤交易達成，正當龍月要先行離開，等候格里亞的通知再行動時，卻看到一名身穿護衛隊制服的男子，氣喘吁吁往這裡跑來。

「找你的？」龍月側身瞥了格里亞一眼。

「嗯。」格里亞神情怪異的點頭。

「需要我迴避嗎？」龍月不想插手學院護衛隊的事。

「等等。」格里亞抬手阻止龍月，然後主動往隊員的方向走去。

只是他才踏出防止聲音傳播的簡易結界，就聽到神色慌張的隊員放聲喊道：「隊長，大事不好了，外面現在流傳商會保護的那件東西就在您的手裡。」

此話一出，格里亞和龍月面面相覷。

到底發生什麼事？

消息明明幾分鐘前才說出口，是怎麼洩露的？

「是這樣的，隊長……」

隊員的眸中透出一絲畏怯。

從校外跑到校內，急急忙忙想要把外頭突然瘋傳的消息說給格里亞隊長知道，但他沒想到，會被隊長拖到雲華館的研究室，詢問相關經過。

面對這個突如其來的「特殊」待遇，他超不習慣。

「說吧！」格里亞乾脆俐落的催促。

隊員一聽到格里亞不容反駁的堅定語氣，乾巴巴看著站在自己左右邊的兩名副隊長，還有不知何時，門口出現的幾名不認識的人，其中一人還是他匆忙回報時，像是正在與隊長談論要事的人。

「隊長……」隊員猶豫了一下。

格里亞沒有時間再等下去，「不要說廢話，直接說重點。」

隊員乖乖點頭，「其實我會知道這件事，是因為先前涅可洛可副隊長對我們說的話。」

隊員想起那時副隊長為了辛苦的隊長，不惜充當發報員，也要把「實情」公布給被虛假遮蔽雙眼的人們知道，他也因為這樣，對這件事的後續格外關注。

沒想到，今日在商店區，會聽到一則重大的消息。

就是——元素聖物在楓林學院的護衛隊隊長風．格里亞身上。

「傳言的傳播途徑不太正規，像是被強行推動的，內容也是破綻百出，偏偏有很多人相信，我怕那些人會因為傳言來學院找您的麻煩，就來通知您了。」

「你呢？」格里亞懶懶的說：「你也相信這項傳言？不然你怎麼會想到跟我說？」

「隊長！」隊員無奈大喊。

隊長的腦袋有問題嗎？任誰聽到這件事都知道事情嚴重，當然要來告訴當事人。

「好啦，我明白你的意思。所以，外面很多人都這樣認為？」格里亞微微瞇起眼。

「是的隊長，回來學院的時候，有聽到不少人議論這件事。」隊員很無奈。

「格里亞隊長，您打算怎麼處理？」涅可洛可擔憂的問。

如果因為這項流言，格里亞和學院的名聲被人抹黑那可就糟了。

學院的問題還是其次，重點是他們的隊長。

畢竟他們的隊長算是楓林學院的知名人物，就算沒見過格里亞，也聽過「風．格里亞」這個人。

他們可不希望因為這個沒根據的傳言，讓他們隊長身敗名裂。

「嗯。」格里亞用扇尖抵著下巴，假裝在思考。

「格里亞先生要不要查看看是誰放出的消息？」龍夜的小助手模式啟動。

「小助手，你不會相信元素聖物在我這吧？」格里亞故意這麼問。

「我、我不會這樣想的。」龍夜連忙否認。

「嗯？」格里亞一臉的懷疑，「真的不會？」

「風，不要故意玩弄見習的。」席多二話不說，直接賞了他一拳。

格里亞揮扇中途打掉席多的拳頭，一本正經的道：「我只是想要問問，依照正常狀況，別人聽到這消息會有怎樣的反應。」

說完，他目光一轉，朝站在門口的龍緋煉、龍月和疑雁看去。

「怎麼，想聽聽我們的想法？」龍緋煉輕輕一笑。

「嗯哼，給我當參考意見。」

「哼，八成是你招惹到誰，被人這樣不惜血本的花大錢抹黑。」龍緋煉雙手交疊，睨了格里亞一眼，「需要我幫你調查，是哪個有錢的金主要人放情報的？」

從隊員的敘述判斷，這情報應該是今天突然流傳出來的，只要找到一開始的源頭，就知道是誰搞的鬼。

「聖物，你真的沒有？」疑雁持保留態度。

「喂，我的人格有差到讓你不能信任？」格里亞翻了翻白眼。

「好吧，那就是沒有了。」疑雁勉強這麼說。

「喂，那你呢？」格里亞故意問龍月。

「不予置評，當初我們在做那個任務時，東西遺失是真的，或許趁著混亂將聖物偷走的人看你們一直調查聖物下落，就用這方式拖延你的調查？」龍月推測道。

格里亞是故意問給龍緋煉看的。害龍月面對問題只能小心回答。

這個人的臉皮真的超厚！

不過他們來到雲華館研究室前，格里亞有提醒過龍月，有關他們今天的對話，是不會被龍緋煉知道的。

而藉由方才的討論，龍月暗自鬆口氣的確定了這一點，格里亞的保證實現了，緋煉大人似乎真的沒有從他這裡「聽」到不該聽的話。

「拖延進度？」格里亞對龍月讚賞的點點頭，「這有可能。席多、涅可洛可。」

「是！」兩名副隊長同聲喊道。

格里亞指了一下來報訊的隊員，「你們帶著他去查看看。」

「我、我也要去？」隊員一臉錯愕。

「嗯，先去你今天探問的地方問看看。」格里亞笑了笑，「好了，趁這件事發展到無法收拾的地步前，快一點把流言終止吧！」

「好。」席多點頭，拉起呆愣在原地的隊員，「快點，我們要上工了。」說完，他直接把還沒反應過來的隊員拉走。

格里亞揮了揮手，送走他的隊員們，等門關上，他轉向龍夜等人。

「嘛，這件事有點棘手，你們可以幫我一下嗎？」

「自己闖的禍，自己解決。」龍緋煉冷淡回應。

「喂，聖物這件事你們也有分，不是嗎？」格里亞搖了搖手，「當時的狀況你們也有看到，我是受害者啊。」

格里亞看龍緋煉沒有反應，又繼續說：「雖然這件事是針對我，但我認為，這項情報實際上是用來對付學院，畢竟護衛隊是學院的象徵，就算是不實傳言，都會讓這個世界的人懷疑起學院，這是一件非常嚴重的事，很有可能……等等，有隊員聯絡。」

格里亞停下話，從懷中拿出一顆指節般大小的白色結晶。

龍夜疑惑看了過去，格里亞見狀，下意識解釋：「這是緊急聯絡用的，如果隊員沒空回來，或是有緊急事情要通知我，可以用這個聯繫。」

然後，格里亞走到研究室的最後方，壓低聲音，對著結晶說話。

由於格里亞把聲音壓得很低，沒有人聽到談話內容。

等到格里亞將結晶收起，走回來時，他的嘴角掛著一抹詭異的笑。

「發生什麼好玩的事？」罕見的，龍緋煉沒有讀格里亞的心。

「看樣子，我那個小隊員擔心的狀況發生了。」格里亞搔搔臉頰，苦惱的說：「學院外頭已經聚集一些人，他們在跟學院探問這件事的真偽，還要我出去面對面說清楚，這要我怎麼辦呢？」

「好糟糕。」龍夜對於馬上有人上門找麻煩而擔憂。

「嘴巴上說煩惱，心裡頭倒是挺樂的。」龍緋煉沒好氣的瞪他一眼，「你打算怎麼處理？」

「以學院的立場，當然不可能把我推出去面對那群表面上是問，實際上是想要從我這裡拿到好處的人，當然是否認到底，他們會幫我解決。」

是這樣沒錯，與其把格里亞推出去，正中敵人下懷的被當場潑汙水，讓事情越來越難以收拾，不如由學院出面解釋。

「不過，意外得知另一項訊息，有關放出不利於我的消息的幕後黑手。」

「誰？」好奇寶寶龍夜下意識追問。

「光明教會。」格里亞用摺扇敲了下手，道出答案。

「教會也來湊熱鬧？」龍緋煉嗤笑道：「那些人還不膩呀！」

「似乎我上次幫了你們，反倒讓我上了黑名單。」格里亞損了龍緋煉一句。

「嗯？這件事的起因不是因為你的隊員困在那裡嗎？」龍緋煉不是省油的燈。

「咳。」格里亞尷尬的撇開頭。

「教會怎麼說？」龍月見話題要偏了，直接問道。

「噢，他們要進入學院調查。說什麼，雖然是別的信仰派系之物，但他們也有調查的權利，如果學院心中無鬼，就不能拒絕。」

「呃，學院會答應嗎？」龍夜很難想像光明教會會提出這樣的要求。

「怎麼可能！小助手，你別傻了。」格里亞朗聲笑道：「學院表明傳言是假的，怎麼會讓教會的人侵入學院地盤，讓他們以調查為名，肆無忌憚搜刮學院之物，帶回教會研究，思索如何有效對付學院？這種事我都不會做了，更何況是校長老頭。」

「雖是這樣，教會和一些外來者針對這件事而希望學院可以認真看待此事，學院內部不會有疑慮嗎？」龍月思忖道。

「這嘛。」格里亞才不關心，「看校長怎麼處理了。」

格里亞言下之意，他打算把校內的疑問聲浪交給校長。

「你不處理？」龍月對格里亞推卸責任的言詞感到訝異。

「誰說我不處理？」格里亞挑起眉頭，「如果這件事真的是光明教會主導，那我當然要負責處理，不然萬一教會遲遲要不到答案，而派人潛入學院，那才叫糟。」

龍緋煉淡淡看著格里亞，對他的話保留三分懷疑。

先前因為疑雁的關係，格里亞不惜動用無領法術，也不要讓他聽到關鍵心聲，從那天起，他就自動忽視格里亞的內心想法。就算聽到什麼，有可能只是一些無關緊要的事，重要的半句都沒有。

所以，對於聖物是否在格里亞身上，他表面相信，實際上是半信半疑。

──說不準這傢伙有一天突然公開宣言，直接坦承元素聖物就在他的手上。

「反正你們現在沒有事要做，就幫我一個忙吧？」格里亞問道。

「無聊。」龍緋煉一秒否決。

「我願意幫忙。」還沒聽到要做的事，龍夜已經答應。

「夜（夜師父）！」龍月和疑雁同時大喊，「不要隨便答應。」

「來不及了。」格里亞邪惡笑道：「小助手答應我了呢！」

「月、疑雁，你們別這樣。」龍夜很無奈，他很像會被拐騙的人嗎？為了自己的名聲，他一定要替自己解釋，「是暮朔說要幫忙的，不關我的事。」

「快晚上了？」當下，格里亞只有這個反應。

「怕無聊？」同樣的，龍緋煉接話道。

龍夜聽完格里亞和龍緋煉先後說出的話語，在內心替自己抹了一把冷汗，因為暮朔在罵人了。

『可惡，我像是無聊要找事做的人嗎？』暮朔怒不可遏的說。

「暮朔，你平常就是這樣。」龍緋煉聽著暮朔的抱怨，直言道。

「哦，暮朔醒了？」格里亞問道。

龍緋煉點頭，望向龍夜，實際上是與暮朔對話，「還是你想要找出擁有元素聖物的人。」

『嗯。』暮朔肯定的說，『雖然有可能是光明教會在搞鬼，但他們什麼時間不放，偏偏在事情膠著時傳出假情報，會這麼做一定有特殊原因。』

「有道理。」龍緋煉點頭。

「緋煉大人，您在跟暮朔談話？」龍月苦笑，「除了您和夜之外，沒有人可以聽到暮朔的聲音，可以請您稍微說一下暮朔的意思嗎？」

「暮朔想要調查看看。」龍緋煉簡單扼要的說。

「對了，要不要請旅店的情報商調查看看？」龍夜想到先前委託旅店情報商時，他們超高的效率讓他印象深刻。

「小助手，你瘋了嗎？」格里亞錯愕的說：「他們是土地神的人，你還想委託他們？」

「唔，我是建議。」龍夜看到龍緋煉那雙森冷的眼神，知道自己推薦錯人了。

他忘記龍緋煉因為暮朔和他去委託旅店情報商之主——珀因攔截所有影會的情報，也因為此事，龍緋煉對於那場情報戰的失誤一直不太愉快。

「撇開私人恩怨不談，找他們幫忙倒是可以。」龍緋煉淡淡的說，「小鬼一號跟他們合作愉快不是嗎？只要條件沒有太嚴苛，再委託他們，不至於會被拒絕。」

「緋煉你答應的好乾脆。」

實話實說，格里亞當真認為龍緋煉會阻止龍夜找珀因他們幫忙。

「公事公辦。」龍緋煉回的迅速。

除了暮朔的事，基本上，他可以為了公事，將私事擺到一邊，等到公事結束後，再將私事拉出來處理。

「好一句公事公辦。」格里亞嘴角抽搐，接受龍緋煉這個理由，「小助手，這件事就交給你處理了。」

「喔，好。」龍夜點頭答應，才剛點頭，卻發現不對勁，「等等，為什麼要交給我？」

雖然被委以重任是一件很開心的事，但一想到自己要去與對方交涉，感覺頗為怪異。

「緋煉不是說了？」格里亞來到龍夜身旁，拍著他的肩膀，「你與他們合作愉快。」

龍夜頓時萌生裝死的衝動。

他與旅店情報商合作愉快？

說錯了吧？那個人是暮朔。

真正和情報商交易的人是暮朔，就連充當委託金支付出去的萬靈藥也是暮朔給的。

龍夜一想到數日前，他向暮朔詢問有沒有支付情報費用時，暮朔打包票處理好的狀況。

他記得暮朔是這樣告訴他，他從龍緋煉那裡偷了一點萬靈藥，交給對方。

不過聽龍緋煉方才的話，暮朔偷拿萬靈藥，龍緋煉是知道，而且默許他這樣的舉動。

「小助手，這件事就交給你了，不要搞砸。」

「好、好的。」龍夜開始緊張了。

『別緊張，讓我處理就好。』暮朔安慰自家弟弟。

「不讓我處理看看？」

『如果你不會緊張、說話結巴，你就去。』

「我、我放棄。」龍夜直接舉雙手投降。

『以防萬一，我還是教你一些應對之法好了，由你去吧！』暮朔突然改變決定。

「暮朔！」龍夜困窘大喊，暮朔太善變了。

『嘛，別生氣、別生氣。』暮朔淡淡分析，『就算今天晚上我們去委託他們處理這件事，接下來呢？他們一旦接手這個任務，很有可能天天與我們碰頭解釋任務狀況。』

「有書面的資料可以給，不是嗎？」

『哦，會用腦袋思考了，我可以開心一下嗎？』

「暮朔！」龍夜低喊，「你可以不要在這節骨眼調侃我嗎？」

看周圍的人靜下來看他「自言自語」，龍夜當下只有一個反應，就是臉頰漲紅，不知如何是好。

『誰叫你要說出來！在心裡講就不會有人聽到你說話。』說到這裡，暮朔忍不住發出喟嘆聲，『瞧我認真教你這麼久，你依然不會，當哥哥的我好難過。』

龍夜低頭，手抵著雙眼，內心低喊——對不起我錯了，不要再唸我了。

『算了、算了，你現在這樣說也晚了。』暮朔揶揄道：『除了緋煉，其他人還要聽你的「自言自語」才可以猜出我在與你談論些什麼，你就好人做到底？』

龍夜抬頭，看向盯著自己不放的疑雁和格里亞，只好繼續把話說出來。

「所以，要我去跟他們接觸？」

『對。』暮朔肯定道：『畢竟這件事非同小可，還與光明教會扯在一起，依照情報商那邊的狀況，與其跟你慢慢的書面通知，還不如跟你一對一聯絡，確保情報不會被人劫走，也可以讓你立刻知道。』

「我、我會加油。」龍夜頭痛了。

『記住，不要緊張，你現在面對風那傢伙的隊員，不會一直亂緊張了不是嗎？就把他們當成護衛隊的人看待就好。』暮朔頓了頓，提出自己內心的標準，『雖然我更希望你是用對待月那傢伙一樣隨性自在的方式面對他們。』

「我盡量。」龍夜苦笑。

暮朔都把標準提出來了，他能拒絕嗎？當然要照辦。

「我這裡也派人去問問好了。」龍緋煉淡淡的說：「威森那裡也算是知名的情報組織，應該有聽到一些風聲才對。」

「影會先前有跟光明教會合作過，我可以請瑟依幫忙。」

「疑雁小鬼，你們開的影會是暗殺組織，不是情報販子。」

格里亞聽完，深深覺得疑雁從未瞭解過自家人所開的組織屬性。

與其要暗殺組織去調查，還不如請那些人和威森酒店的人合作，讓他們這兩組去擾亂光明教會的動作，還可以順手將那些麻煩的獵人給處理掉。

「好主意。」驀地，龍緋煉的唇中吐出這句話。

「啥？」格里亞扭頭問道：「什麼好主意？」

「你想的方法。」龍緋煉抬起手，朝格里亞點去，「就用這方法吧！探查光明教會的行動和查探他們想要討取元素聖物的動機，就交給土地神那一方的人。」

珀因的旅店情報組織有土地神這個優勢，依照之前威森與珀因的交手狀況判斷，珀因那邊很擅長做擾亂情報的工作。

那麼，珀因那邊的委託就讓他們自行處理，不要再加人手進去，給他們添亂。

「這樣。」格里亞半垂著眼簾，思考道：「既然如此，我這裡也有一點計畫，請旅店那邊的人幫我做些事好了，小助手，你幫我約他們到學院來吧！」

「請他們進入學院？」龍夜錯愕的說：「學院不是不能給外人進入？」

「外人是指教會那些人。」格里亞翻了翻白眼，「真不讓人進入，商會要怎麼委託我們？你也知道，護衛隊諸事繁多，哪可能為了商會特地跑過去？」

龍夜點頭，他明白了。

「我現在不宜出去。」格里亞低著頭，看著不知何時拿出的白色結晶，「校長老頭禁我足，不讓我離開雲華館，小助手你幫我帶人來這裡。」

說完，格里亞像是要表達自己的不滿，將手中的結晶給捏碎。

「唷，你也會受人控制？」龍緋煉勾唇笑道。

格里亞聞言，沒好氣的說：「難不成我要在他們忙著解釋時，還出去添亂？」

「挺像你的作法。」

格里亞抓了抓頭髮，「剛好最近沒睡好，趁你們在處理這件事時，好好補一下眠。」

「請便。」龍緋煉將研究室的門打開，「我先去找威森，看在連我都派人幫你的分上，這件事你處理不好，我就跟你討取人力費用。」

「暮朔說，他也會加倍索取賠償。」龍夜舉手，順勢將暮朔的話說出。

原本他不想回答的，要不是暮朔一直在他的耳旁唸呀唸的。

「好好好，我知道了。」格里亞嘴角抽搐，他被雙重威脅了。

「嗯，疑雁小鬼，走了。」

龍緋煉走出研究室，拋下要疑雁跟上的話語。

下一刻，龍夜就看到疑雁小跑步跟出去。

他回過頭，對龍月問：「月，你要跟我去嗎？」

龍月搖頭，「不了，你們自己去。」

「那晚點見。」龍夜和龍月揮手道別，離開了研究室。

「你不找點事情做？」

格里亞見這裡只剩下他和龍月，催促對方快點離開。

「緋煉大人剛才傳了一道訊息給我，他要我好好看著你，別讓你亂跑。」

「你可以看在我們是同路人的分上，假裝沒有收到命令？」

「沒辦法。」龍月聳肩說道：「撇開同路人這點，看在他們都在為你奔波，你還是在這裡等夜把人帶來吧！」

「只要我沒有離開雲華館就可以了吧？」格里亞輕聲笑道：「我要去校長室一趟，如果你怕我會跑，那就一起來吧！」

語落，格里亞不顧龍月，直接離開研究室。

龍月見狀，無奈長嘆，只能跟過去，看看格里亞到底想要做什麼。

chapter 04 學院的準備

破舊旅店前，專注敲完進入時所需的「暗號」，等待門自動開啟的時候。

暮朔提醒龍夜道：『還記得我說的話？』

「記、記得。」龍夜閉緊著唇，用想的來回答。

『速戰速決，不要拖延時間。』

「好！」龍夜長吁口氣，在心裡不斷催眠自己，要把那些人當成龍月那樣的人，然後不斷默背暮朔要他進去後必須要說的所有台詞，確定一句不漏，暮朔也說沒有問題後，他才踏入旅店。

進入後，龍夜照著暮朔的叮嚀，一走近櫃檯就踮起腳尖，朝裡面窺探。

「珀因，我有工作要委託，你接嗎？」

睡在櫃檯裡面的綠髮青年，像是很不甘心自己的睡眠被人打擾，拖延了好一會兒，才緩緩睜開眼，唇中透出似睡非睡的低沉嗓音。

「客人，我們只有一、兩次的交易經驗，沒有熟到可以直呼名字。」

「別這樣，一回生二回熟，況且是第三次見面，就不要計較太多。」

龍夜一邊說、一邊暗自替自己抹了把冷汗，同時也非常敬佩暮朔，交易和支付任務完成的物品，總合計只見過三次，還是一完成馬上走人，幾乎沒有多談上一句話，這樣也能推論出對方會給的反應，真不愧是暮朔。

『別把時間浪費在稱讚我，我會害羞的，快一點問完、快一點離開！』

暮朔的話驀地傳入耳中，龍夜強忍著翻白眼的衝動，趕緊看向珀因。

「到底接不接任務？」

「先說來聽聽。」珀因動動身體，從櫃檯底下爬了起來，打呵欠道。

「這次委託人是楓林學院的護衛隊隊長。」

「哦？風・格里亞想要委託我們？他腦袋燒壞了嗎？」珀因輕輕笑道。

006

「嘛，這件事跟光明教會有關。」

「哦，好，我接了。」珀因想也不想，一秒答應。

「這麼乾脆？」這次是龍夜的感想。

珀因太豪爽，讓人覺得不對勁。

「今天擴散範圍最廣的小風聲，我有聽到。」珀因抬起手，朝耳朵比去。「你們懷疑是光明教會放出的消息，那是對的。」

「格里亞要請你去學院一趟，這樣你也接？」

「嗯，委託人是學院，不接太可惜了。」珀因勾了勾手，見坐在樓梯口的老人順著動作，緩緩往櫃檯走來，才又說，「小助手，麻煩你帶個路吧？」

龍夜聞言，從懷中拿出一顆傳送晶石，直接發動晶石內的魔法，將珀因與老人，包含他一起傳送進入楓林學院。

雲華館的校長室——

格里亞一進入，就對埋首於文件的茲克校長道：「校長，有事跟你談談。」

「沒空。」校長沒有抬頭，只抬起持筆的手，做出驅趕的動作。

「校長，裝忙就不像你了。」格里亞不客氣的上前，抽走校長手中的筆，順便把目光移到校長桌上的文件，「我還是第一次看到，文件放反了也可以批閱，校長，你這項『特技』需要我幫你宣揚出去嗎？」

「不需要。」校長氣得吹鬍子瞪眼，「這次的事你要怎麼解釋？這回你是惹到誰，讓對方為了讓你正視這項傳言，不惜把學院給扯下去。」

格里亞笑了笑，輕聲說道：「校長，你沒有想過，或許是對方想要黑掉你的楓林學院，才特地拿我當替死鬼，好連帶抹黑學院。」

「學院的風評沒有這麼糟。」茲克校長瞥了格里亞一眼，「讓學院風評變糟，對誰都沒有好處。」

「有呀。」格里亞噙著笑，「對光明教會來說，這不是很好的機會？」

「他們一直派人來問，是有點煩。」校長道出他的擔憂，「再過不久，光明教會那邊應該會煽動學院裡的信徒，讓他們來逼問你。明天開始，你要走出宿舍大門應該很難。」

「所以我想要將這個問題一次解決。」

「怎麼解決，和他？」茲克校長有注意到格里亞是和龍月一起進來的。

「校長，我希望這件事全權由我處理——嗯，如果你怕別人問，可以對外宣稱統一由護衛隊調查處理，詳情可以洽詢我。」

「你是來亂的嗎？」茲克校長一臉驚訝，「事情快處理好了，你別添亂！」

「校長，情報今天才流出去，那些最先收到情報來學院的只有一小部分的人，謠言一向是越傳越誇張的，如果我們不把源頭解決，事情不可能結束。」

「算你有理。」茲克校長吁口長氣，挑眉道：「你打算怎麼做？要知道，只要你一出現在那些人的眼前，他們不會聽你解釋，而是立刻要你交出聖物。」

「關於這點。」格里亞微微一笑，「我有應對方案。」

茲克校長聞言，目光轉到龍月身上，「他的方案你聽說過嗎？」

「沒有。」不知道校長為什麼點他的名，龍月還是回答了。

「這樣呀。」校長低垂著頭，手抵著下巴，認真思考。

龍月不解，只是一個簡單的問題，他難道說錯了？

「嗯……」校長皺眉，苦思說道：「決定了，格里亞，計畫駁回。」

「我還沒說，你就要反對我的計畫？」

「依照以前慣例，只要是僅有你知道，沒有第二個人瞭解的計畫，通常吶，一定是很危險，而且是你實行之後，後果無法確定的計畫。」

「哈。」格里亞輕鬆的一笑，「這次你大可放心，不會有危險的。」

「少耍嘴皮子。」茲克校長才不相信，「你每次說不會有事、一定很簡單，結果呢？還不是照樣出事，引來一堆人抗議。」

「先聽聽我的計畫，你再決定？」格里亞自顧自的往下說。

校長半放棄的揮了揮手，讓他開口，如果計畫不好，再否決也可以。

格里亞輕輕一笑，說出他的意圖：「我要你對外宣稱聖物在我手上一事，學院一概不知，如果要討取聖物，就來找我——風．格里亞。」

說完，格里亞滿意的看著瞠大雙眼，呆愣住的茲克校長。

「你、你傻了嗎？」過了許久，校長終於尋回說話能力。

「我沒傻，也沒瘋，只是挑了一個比較好的處理方式。」格里亞抿了抿唇，「元素聖物太吸引人，那些人聽到一點風聲耳語，連考證都不考證，直接選擇相信，也不怕被學院驅趕、攻擊，目的就是非要我交出元素聖物。」

校長點頭，現在的確是這樣的狀況，而且他們越是否認，那些人眸中的狂熱更熾，越是要留在學院外圍，等格里亞出去。

「學院外面應該聚集不少人了？」

「對。」校長不否認。

「那外面也差不多亂了。」格里亞點點頭。

學院外圍雖然有護衛隊的人固定巡守，但如果沒有鬧出什麼糾紛，也沒有在「禁區」範圍走動，學院護衛隊不能拿那些特地蹲點等他的人怎麼辦。

可是外面的人一旦多了，有著相同目的的人可能擦槍走火，意見不合大打出手。只要有人開始在楓林學院外圍「作亂」，各種層出不窮的事件只會一個接著一個發生，不會有停下的時候。

「我有增加人手注意，目前沒有事情發生。」校長知道格里亞的擔憂。

「這樣不夠。」格里亞沒那麼天真，「一次解決會比較好。」

「你打算怎麼一次解決？把他們全處理掉？」校長沒好氣的說：「別鬧了，我才不想派人跟校內全部院生解釋，要他們待在宿舍不要外出，等到事情解決了再出來，以免一個不小心，走在路上會被當成敵人解決。」

「嘛，就是那樣。」格里亞開心的委託，「解釋的工作就交給你了。」

「你當我已經答應你的作法了？」

「不是這樣嗎？」格里亞自信的笑著，「你不能否認這是最好的方法吧？」

校長從格里亞的口中確定了他的意圖，左手朝臉部一拍，遮住雙眼，「是這樣沒錯，只是很麻煩。」

「校長，這麼優柔寡斷一點也不像你，你乾脆一點，答應我吧！」

「這和優柔寡斷無關吧？」校長忍住嘔血的衝動，「我只是在衡量利益得失，這麼做對我有什麼好處？」

「你認為，他們在外面『自相殘殺』，亂到外面的人以為學院無法自保好，還是門戶大開，歡迎他們進入，使得部分的人覺得裡面有詐，想想先前你規勸的話，決定摸摸鼻子知難而退；就算真的有人闖進學院……」格里亞眼簾半垂，輕輕笑道：「打也是在學院裡面打，又有誰看到呢？更何況我會讓他們記不起來經過。」

校長抿了抿唇，內心天人交戰。

格里亞分析的很有道理，沒有任何不對勁的地方。

只是把糾紛帶入學院，這點讓他很猶豫該不該放手讓格里亞處理。

「校長，外頭的糾紛不能帶入學院沒錯，但現在，我就是糾紛的中心。」格里亞繼續說服道：「你可能覺得一旦執行計畫，先前對外的解釋就白搭了，但事情能處理掉才是最重要的，難道讓那些人留著『半信半疑』的隱患會比較好？」

格里亞側著頭，問龍月：「撇開我們互相認識這一點，校長從厲聲否定，變成肯定這項傳言，態度突然一百八十度大轉變，如果你是其他人，你會怎麼想？」

「被逼的吧？」龍月說道：「既然解釋沒人相信，最後只能肯定傳言，以免激起盲從者的逆反心理。加上學院又開放讓人進入，更會給人一種學院是被欺壓的一方，被一堆人逼迫表態的觀感，這樣可以搏得不少人的同情與支持？」

「我也是這樣想。」格里亞點點頭，「再加上院生如果被人襲擊，這效果會非常好。」

「你要誰扮演被襲擊的可憐院生？」龍月問道。

「只能請你們這些人去了。好好加油呀！」

校長聽格里亞和龍月一搭一唱的對話，差點沒有把他們轟出去，說的比唱的好聽，推論人人都會，真正實行時，或許不會如自己想的一樣順利。

雖是如此，該賭的還是要賭一下。

「好了好了，不要在我這裡討論。」茲克校長頭痛道：「現在我在批公文，什麼都沒看到、什麼都沒聽到，你們想要做什麼都隨意，我太忙，什麼都不知道。」

「感謝校長。」格里亞對校長鞠躬，「那我不打擾你了，先去做準備工作。」

「等等！」茲克校長在格里亞要拉著龍月離開前，喊住了他。

格里亞疑惑的回頭，「怎麼，還有廢話要說？」

「什麼廢話！是要緊事，我一直沒機會問你，剛好想到了。」校長認真問道：「元素聖物在你的手裡？」

雖是問句，但龍月從校長的語氣推斷，這疑問帶著肯定的意思。

作繭自縛呀！格里亞萬萬沒有想到，自己想出的良好計策，讓校長猜出真相。

難怪茲克校長與格里亞經過一番爭論，最後還是決定讓格里亞自己處理，而他則眼不見為淨，裝作啥都沒看到。

「沒有。」格里亞拿出摺扇，半遮著臉的回答。

「沒有？」校長皺眉不信，「你怎麼可能做吃力不討好的事？」

當格里亞進入校長室，挑明要他別管時，他著聽格里亞的解釋，越聽越覺得格里亞是因為這件事是他自己惹出來的，才要自行處理。

「我這是為了學院。」格里亞睜眼說瞎話，「看在你這麼幫我，別人又把我的名字拿去亂用，不出點力，一點也不像我。」

茲克校長依然對格里亞投以懷疑的眼神，他不信。

「唉，你也知道無領之人很少騙人。」格里亞無可奈何之下，拿自己的身分做擔保，「所以，你不能相信我這回？」

「什麼很少騙人？」茲克校長生氣說道：「你們無領的人最愛說一套、做一套。」

他好歹也是賢者的合作人，無領的人是什麼性子，他見多了。

格里亞嘿嘿一笑，沒有回應。

「好好好，我知道了，相信你就是。」校長頭痛的揉了揉額際，既然格里亞這麼說了，他再懷疑也沒有用。

龍月聞言，暗自替茲克校長嘆息。

格里亞自稱很少騙人，但這回是真的騙了。元素聖物是在格里亞身上，同時他也很佩服格里亞，居然一本正經的說謊，要不是格里亞先前與他攤牌，想故意拖他下水，他不可能得知真相。

「對了，格里亞。」龍月想起一件事，「既然這件事變成由護衛隊處理，那我們這些『非』護衛隊的人該怎麼幫你？」

護衛隊的任務由護衛隊完成，這是學院護衛隊的規章之一。

「簡單。」格里亞晃了晃手指，「你們不是還有一件校長任務沒有完成？」

「我抗議。」茲克校長立刻反對，「那是我的任務，不是護衛隊的。」

「共體時艱吶，校長。」格里亞沒心沒肺的說：「護衛隊是學院的門面，而校長你是學院的代表，誰都知道校長的事、就是護衛隊的事。」

「所以說，我的任務，也是護衛隊的任務？」校長生氣說道：「歪理，這是歪理。」

「不然你告訴我，接下來要給他們怎樣的任務？」格里亞儼然像是流氓，不給校長抗議的機會，「當初第二項任務就有協助護衛隊的任務，再多一件也沒差，你只要點頭就好，不要搖頭。」

土匪、強盜呀！校長露出一抹哀戚神情，他是招誰惹誰，惹來了格里亞這個超級大麻煩，等到賢者回來，他一定要控訴格里亞的種種不良行為。

「隨、隨便你，反正我說了，我什麼都不知道。」

在這一刻，龍月覺得校長的表情有點崩潰，格里亞這樣單方面的討價還價，根本就是在要校長的老命。

龍月還想要說些什麼，格里亞卻動手將他拉走。

「等……」

「沒時間等了。」格里亞開啟校長室的傳送魔法，來到雲華館大廳，鬆開手，對龍月說：「既然跟校長達成協議，跟他拿走第三項任務的權利，你們接下來就要好好幫我。」

「拿校長任務來壓人，感覺真差。」龍月不滿的抱怨。

「沒有。」格里亞兩手一攤，無辜說道：「你們之中算是半個隊員的只有小助手，如果來幫我做事，被非隊員的院生看到，心中一定不是什麼好滋味。」

所以格里亞才會藉著校長任務，讓龍夜他們有動手幫忙的理由。

畢竟校長的權限在護衛隊之上，這樣一來，就不用擔憂一些有的沒的人際關係，可以專心處理這件事。

「緋煉大人……」龍月嘆氣，既然是「校長任務」，他們就要請這位大人出手。

「對，還有他。」這個提醒讓格里亞想到這熱騰騰的消息應該要通知龍緋煉，說什麼也不能讓龍緋煉悠閒的等待事情解決，「就麻煩你通知他。」

「你是故意的？」龍月想拒絕。

「沒有，我還有事要忙，通知的工作就交給你了。」

格里亞說完，一溜煙的跑掉，留下傻愣在原地，錯愕的龍月。

龍月搖了搖頭，露出一抹苦笑神色。

這就是無領之人共同的本性嗎？遇到不想面對的事，只想要推別人下水，換人處理。

暮朔也是，不願讓人知道他自己的狀況，忙，都是別人在忙，一點都沒有動手的打算。

龍月把目光移到宿舍，他還是快點通知那位大人，看他打算怎麼做吧！

然後，龍月回宿舍沒多久，楓林學院內部就傳出一道消息，那是由風．格里亞本人所放出的消息，就是——元素聖物的的確確在他的身上，他不會交出聖物，想要就自己來學院拿。

傳送魔法的光芒消退後，珀因、老人以及龍夜從陣中走了出來，龍夜發現他們來到學院的樹林區，對這偏離雲華館的地點感到納悶。

記得傳送魔法是以格里亞的所在位置作為傳送地點的，怎麼會在這？

正當他打算用通訊魔法聯絡格里亞，詢問他接下來該怎麼行動時，他看到格里亞驀地出現在他們的面前，廢話不多說，開門見山說出他的計畫與打算。

等到格里亞解釋完畢，珀因說出了感想。

「真有勇氣。」

「主人，這應該是莽撞？」老人對著珀因微微鞠躬，發自內心的說。

「哈，的確呢。」珀因輕輕笑道，「所以，隊長大人你為什麼找我來？不太像是要我做情報類型的工作？」

格里亞唇勾起，露出淺淺的笑。

他喜歡跟聰明的人交易，因為不需要另外解釋原因。

可惜格里亞忘記這裡還有小助手一枚，他完全是狀況外。

「格里亞先生，這樣太危險了吧？」

果然，下一秒，龍夜就錯愕大喊。

珀因偏頭看向龍夜，覺得龍夜這樣的反應有些奇怪，記得之前來交易的那個孩子沒有這麼直接、慌亂，應該是更冷靜、聰明的類型。

「一點也不。」格里亞雙手扠腰，得意的說。

「他只會把危險當成遊戲看待。」忽然，樹林區裡傳來淡漠的男子嗓音。

龍夜回過頭，反射性喊著看到的人：「緋煉大人、月。」

然後，下個動作就是準備跑過去告狀，要他們阻止格里亞的冒險行動，可惜他的腳才剛抬起一點點而已，耳畔就傳來兩道嗓音的喝止。

一個是格里亞，一個是在內心對著他說話的暮朔。

「小助手，你是不是忘記你的身分了？」

『敢過去你就死定了！』

不同的發言，意思卻是一樣的。

龍夜嘴角微微抽搐，苦著一張臉，慢慢將腳放回地面。

只是下一秒，才剛威脅完小助手的格里亞馬上自食惡果。

這次是龍緋煉，「風，你很不錯。」

格里亞裝死的拿出銀白色摺扇遮住臉，假裝什麼都沒聽到。

「珀因。」龍緋煉先朝珀因微微示意，才看回格里亞，「龍月把你的計畫解釋給我聽了，你打算要用土地神的人做什麼？」

「我不是說，要請旅店那邊的人幫我做一點事？」格里亞無辜的說。

龍緋煉紅眸輕轉，打量了下周圍，「看你挑這個地方與他們見面，應該不是想要請他們做一些情報的工作？」

格里亞抓緊扇子，「這種時候讓他們去操弄情報……非常浪費。」

既然是當地「土地神」的人手，代表在這個世界是最強力的盟友，哪能只讓他們處理情報那點小事，當然是能利用就要好好的利用！

珀因沒有打斷對話，而是靜靜在一旁旁聽。

「主人，護衛隊知道我們的祕密了？」老人不著痕跡換了個位置站，貼在珀因的身後，異常輕聲的詢問，「等到委託結束，要將他們『處理』掉？」

老人記得他的主人提過，那名紅頭髮青年很古怪，之前處理影會的任務後，他的主人卻沒有調查對方的心思，就這樣略過不再提起。

珀因不動聲色的微微搖首，「不用，先看狀況。」

從格里亞和龍緋煉交談的模樣來看，他們應該是同路人。

「那邊的，你們大可不用擔心自己的祕密被洩漏。」龍緋煉鄭重的說，「出賣你們的情報，對我們來說一點好處也沒有。」

「就是，你應該發現我們的『把柄』了吧？」格里亞隱諱的提示。

珀因確認了，眼前這些人果然不是這個世界的原有居民，是外來者。

比起那些外來神明，他們在這個世界產生的影響小到可以忽略不計。

如果不防礙自己的計畫，又能趁機給光明教會下絆子，何樂而不為？

「你的計畫我已經瞭解了。」珀因笑著看向格里亞，「那麼你讓小助手拿『光明教會』

的事當餌找我來這裡，是想要我們做什麼？」

「綠髮的，我想要問個問題。」格里亞難得客氣。

「請問。」

「之前你派人潛入學院……是用什麼魔法才能夠躲過學院的結界？」

「這是商業機密。」珀因選擇不回答的搪塞。

看來是土地神那邊的特殊手法？

格里亞意會過來的點點頭，「那就說正事。你也知道，這次我是拿聖物當誘餌，引誘那些人進入學院，為了速戰速決，我想要請你們對付那些潛入的人。」

記得龍緋煉跟他說過土地神那方的詭異魔法，樹林區裡滿是陰影，應該很適合珀因大展手腳。

「我的魔法對付一般潛入者或許可以，但遇上光明、黑暗跟元素那邊的人就不太妙，效果不是很好。」珀因想著想著，似乎想到一個法子。

「隊長大人，這個委託我可以接受，而且是免費協助，但有一個條件。」

「什麼條件？」格里亞不解的問，他這裡有什麼好處可以讓珀因免費付出？應該沒有，就算珀因與光明教會有嫌隙，也不會因為免費就出手才對。

「我要在學院設一個陣法，不知道你能不能代表學院，答應我這個無理要求？」

土地神對整個世界來說，是非常特殊的存在。

縱使擁有最強的力量，卻也是最守護整個世界的存在。

於是面對珀因的條件，格里亞沒想多久，就在龍緋煉的示意下點頭答應。

反正土地神是不可能對學院做什麼殘害的舉動，說不定還會反過來保護學院，那麼在這種時候由珀因在這裡設立一個陣法，算是有利無弊。

很快的，得到允許的珀因，開始設陣的準備。

格里亞默默站在旁邊，看著珀因不斷在地上畫弄著。

珀因身邊那個隨行的老人早已離開學院，似乎是旅店那邊還有其他事情要做。

「格里亞先生，沒有問題嗎？」龍夜偷偷問著格里亞。

格里亞瞥了來到他的身旁小心提問的小助手一眼，「你認為有怎樣的問題？」

「這……」龍夜搔搔臉頰，不知道該不該說。

「現在我們的工作是站在這裡，等綠髮的把法陣畫完，再問他法陣有啥用處，看在我很無聊的分上，小助手你有啥疑問就說。」

「好。」龍夜點點頭，「我只是納悶格里亞先生為什麼會答應珀因的要求。」

「哦？你認為我應該要反對。」

龍夜回想之前暮朔的「教育」，「看起來是格里亞先生您佔了珀因的大便宜，實際上算你吃虧？」

想到格里亞豪爽答應珀因的要求時，暮朔馬上大喊「不划算」，還罵格里亞是蠢人，只是他想要詳細詢問原因，暮朔卻說他要休息，就不再出聲。

「這是暮朔說的，我還不知道哪裡吃虧。」龍夜還是補充了這句。

「嗯，暮朔說得沒有錯。」格里亞聳肩說道：「平常是不能答應這項要求。因為答應了之後，你並不知道後果會變成怎樣。」

「嗯，是怕被設置什麼方便他們闖入的魔法？」

龍夜想到先前他們被襲擊的事件，雖然事後逮到洩漏學院情報的凶手，但那次的事件也讓他們短時間內無法相信學院的安全性。

「對。」格里亞露出讚許的眼神，「但這回不一樣。」

看起來珀因那邊做這些舉動，是衝著光明教會、黑暗教會和元素那邊而來，而不是針對學院，所以就算明知對方的行動是大佔便宜，他也很樂意配合。

只要學院這方不會吃虧就好，這是底限。

再說，珀因不知道他會偷人思緒，加上有可以窺視別人心聲的龍緋煉幫襯，他們其實是佔上風的。

「在那邊休息的隊長大人，我已經好了，你需要來看看嗎？」

「格里亞先生？」龍夜看向格里亞。

格里亞伸了個懶腰，湊過去，「好了？」

不是不好奇的，他特意仔細看了看珀因繪製好的繁複法陣。

「先跟你確認一下後頭的計畫，你是要在站在這地方做誘餌，讓那些想要搶奪聖物的人來這裡？」

「對，與其讓他們在學院內大破壞，還不如明確給他們指標，讓他們知道我就在這裡。」

「嗯，那就沒錯了。」珀因點頭，拍了拍手，「這個陣法發動之後，會擴散到整個學院，它的作用是吸收別人所釋放出的力量，讓學院的損害可以減低。」

珀因看到龍夜那雙困惑眼神，對他說道：「聖物，除了想要變賣的宵小，會來搶的就是光明、黑暗以及元素這三個信仰的信徒。」

雖然元素信仰早已沒落，但珀因還是把元素歸類為其中一個派系。

「然後？」龍夜吶吶的問。

「隊長的龍夜小助手，你要知道，不同屬性的教會之人一旦打起來，破壞性很大的，到時候遭殃的必定是學院。」

「原來是這樣。」龍夜瞠大雙眸，用力點頭。

格里亞看著不到幾句話就被說服的小助手，一臉無奈，「這麼容易就被說服，以後要怎麼辦？」

然後他望向珀因，「只要是外放的力量都會因為這個法陣而衰減？」

「對。」珀因退了數步，輕彈響指，讓法陣發出些微的亮光。

「你要不要試試？我稍微發動一下法陣，你對著法陣使用魔法看看。」

格里亞見狀，摺扇揚起，朝法陣拋出一記風刃。

風刃一出，的確如珀因所言，他所施展出去的法術有明顯的減弱，他甚至可以看到部分的力量被法陣給吸收進去。

雖是如此，格里亞的目光一直沒有從法陣抽離，一直盯著它。

「你放心，等到法陣完全施展開來，效力會擴散到整個楓林學院，就算那些人發現施放出去的魔法效果不對勁，也會認為是學院加強了警戒，設置了什麼特殊干擾結界，讓他們這些非法闖入者的力量無法完全施展，頂多讓他們提高警覺，嚇不跑的。」

格里亞看著向他解釋法陣效果的珀因，看來是誤會他的意思了。

他對法陣的效力並沒有疑慮，他所在意的，是法陣吸收了外在力量後，那些力量會流到哪裡去。

根據他的瞭解，就算是吸收類型的法陣，也有吸收後所凝結而成的結晶。

但他方才把地上的法陣看上一遍，依然看不出自己施展出去，被吸收的部分力量凝結去了哪裡。

「嗯。」格里亞想了許久，時間一分一秒過去，事態緊急，他不能把時間浪費在無意義的思考上，只能對珀因點頭道：「就這樣了，那就拜託你。」

珀因聞言，露出一抹笑，手揚起，法陣發出耀眼的白色光芒。

龍夜被光芒刺得眼睛發痛，趕緊將眼睛閉上。

等到光芒消退後，龍夜張開雙眼，地面上的法陣消失不見，應該是順利發動了。

「格里亞先生，接下來我們要做什麼？」龍夜問道。

「發呆、巡視校園都隨便你。」格里亞淡淡的說：「魚餌灑出、陷阱預備，全都完成，接下來就等那些大魚上鉤了。」

接下來才是重頭戲，格里亞唇勾起，露出淺淺的笑。

chapter 05 教會的動向

所有水世界的情報販子都因為一條公開情報而一團亂。

那是有關於楓林學院的情報。

學院——不，應該是學院護衛隊隊長風．格里亞，承認元素聖物在他的手中。

面對從否認變成大方承認的態度大轉變，著實讓一些人無法反應過來。

沒想到格里亞不只承認自己持有聖物，還歡迎想要取走元素聖物的人進入學院。

這項情報當然也傳入光明教會，也因為那項情報，光明教會內部召開緊急會議——那是光明教皇和九名大主教的會議。

中央殿內，光明教皇坐在大殿的最內側，看著站在他前方的九名大主教。

「你們應該知道那項消息了？」

大主教們聽到這席話後，全都點頭回應。

「元素聖物確定在楓林學院。」光明教皇說到這裡，忍不住低笑一聲。

原本他是打算利用聖物行蹤不明這一點來抹黑楓林學院。

學院的否認也在他的意料之中，讓他意外的地方在於，學院還在澄清聖物的事時，學院護衛隊的隊長就自己跳出來，公開承認聖物在他的手中。

對於這大方承認的態度，讓光明教皇心中起了一些疑惑。

雖說光明教會一直有派人騷擾學院，逼學院讓他們進入調查，也藉這個機會讓學院中立的形象蕩然無存。

只是以時間點而言，事態發展的太快了。

他們只是派幾名祭司前往而已，還沒真的進行「壓迫」，依照學院的作風，應該要等到學院內部壓不下懷疑聲浪，才會請銀凱守備隊進入調查，好還給學院清白。

真走到那個地步，他們可以派人進入守備隊，入侵學院把不利學院的情報找出，趁勢讓學院身敗名裂。

想不到，在這之前，護衛隊隊長就做出這麼驚人的舉動。

先不論是不是學院虛張聲勢，故意表明聖物就在他們手中，但也因為那項情報，他原先設想的方法都不能用了。

「雖然宣揚元素教義的教會早已消失，也沒有供奉元素聖物的神殿，但聖物畢竟是聖物，那是屬於神的物品，我們光明教會應該要把元素聖物迎接到教會，讓聖物有個好的容納之處。」

光明教皇看了九名大主教一眼，「所以，我們要把元素聖物拿回來。」

大主教們同時點頭，沒有人認為光明教皇這席話有何不妥。

「米隆、米那。」

光明教皇看無人反對，點了九名大主教裡，其中兩人的名字。

米隆和米那聽到自己的名字被光明教皇唸出，不禁感到納悶。他們兩人不著痕跡的互相對看，還是應了一聲，向前踏了一步。

「你們，去楓林學院，將聖物拿回來吧！」

此話一出，九位大主教中包含米隆和米那，都錯愕的望向光明教皇。

「教皇冕下，這有點不妥吧？」說出這句話的人是德斯特大主教。

然後，所有人開始說出自己的想法。

屬於激進派的大主教們進行自我推薦，認為他們可以勝任這項工作，同時也希望自己可以被選上，只要能夠順利處理好這項教皇指派的任務，就有可能在光明教皇的心中有著好的印象。

至於溫和派，則是認為這項任務太過危險，就算元素聖物在楓林學院，也不宜硬碰硬，應該要與他們好好商談。

「嗯？你們懷疑我的決定？」光明教皇揚聲喝問。

台下聒噪的細碎聲音瞬間消失，所有人緊閉著嘴，不敢開口。

「米隆、米那，這個工作就交給你們了。」光明教皇輕聲道：「你們記住，本皇對你們寄予厚望，希望你們可以順利將聖物迎接回來。」

米隆卻沒有應允，「教皇冕下，如同德斯特所言，這的確不妥，請您三思。」

米那聽到米隆這麼說，正要開口，就被米隆的一記眼刀擋了回來。

「哦?這是不錯的差事，為什麼要反對?」光明教皇看著米隆，「是怕任務無法順利完成，讓本皇失望？」

「是的。」米隆點頭，「這項任務交給其他人處理會比較好。」

「這你大可放心，我可以派人保護你。」光明教皇揚手，殿內深處浮出一道暗色身影，「有獵人跟上，這樣你可以放心了嗎？」

米隆見狀，臉色霎時變白。

看來光明教皇是鐵了心，要他和米那接這個任務？

「既然教皇冕下願意派人協助，米隆願意接受任務。」米隆再推託下去，只怕他到最後必須帶上的黑暗獵人會越來越多，不得不選擇接受。

「米隆，這個任務有個要點，就是千萬不要和學院起衝突，你們要用和善的方式，讓學院自願交出聖物，不要讓學院以為我們只會用武力逼迫。」

——好詭異！

米那看了看米隆，他眸中透出的疑惑讓米隆也直搖頭。

這一回他是真的不明白光明教皇的意圖。

是激進派快要名存實亡，所以光明教皇想跟溫和派示好？還是有什麼特殊原因？

他們想不透，也不知道該如何應對。

「對了。」光明教皇像是想到什麼，「你們離開教會後，千萬不要被人看到你們去楓林學院，尤其是黑暗教會那一邊，更是不能讓他們知道。」

「為什麼？」米隆小心翼翼的刺探，「教皇冕下怕我們遇上危險？」

「不。」光明教皇重重吐出話語，「只要你們沒有被黑暗那邊的人發現，他們就有可能被我的情報誤導，踏入我的陷阱裡。」

「教皇冕下想要藉機剷除黑暗教會的人？」米隆不動聲色的問。

「對，所以你們要小心一點。」光明教皇揚手，催促道：「好了，時間不等人，你們還是快點出發吧！」

光明教皇動動手指，黑暗獵人驀地消失。

米隆和米那見狀，只能先行離開中央殿。

一路無言的走出光明教會，米隆和米那很快就在身上披上一件灰色長袍作為遮掩。

「哥，現在要怎麼辦？」怕被人偷聽，米那壓低嗓音，靠近對米隆說道。

「看著辦。我們只能先去楓林學院，確認那邊的狀況。」

「你覺得聖物真的在那裡嗎？」米那很懷疑，「我認為是陷阱。」

「這我有想到。」米隆苦笑，「不然教皇冕下不會堅持派出我們。」

米那皺眉嘆道：「是呀，還堅持到派出獵人『保護』我們，可想而知教皇冕下是多麼希望我們可以前往學院。」

「可是，教皇冕下說的那件事該怎麼辦？」米那皺起眉頭，「教皇冕下口中所說的不要被黑暗教會發現行蹤這件事，你如何打算？」

基於合作關係，他們應該要提醒黑暗教會。

問題是怎麼提醒才好，教皇到底把陷阱布置在哪裡？

說是不要被黑暗教會的人發現他們去了楓林學院，那是布置在光明教會？

不對，這樣說不通。

那麼，總不會是乾脆布置在學院外圍，擔心他們進入學院時會打草驚蛇，才要他們額外小心行蹤，免得讓黑暗教會的人有所準備？

這麼看來，說不定元素聖物在楓林學院的消息是假的，事實上是教皇散播的謠言，為的就是把黑暗教會的人引誘過去。

「還是通知他們好了。」米隆長吁口氣，看了看附近，「趁還沒到楓林學院，黑暗獵人還沒有展開緊迫盯人前，先把情報傳遞給他們。」

米那點頭，暗自從懷中拿出一顆黑色的結晶，快速在結晶旁邊唸了幾句，再將結晶拋入地面。當結晶與地面接觸的瞬間，地上浮出一個小小的法陣，結晶被法陣吸收，然後消失。

「好了。」米那平靜的道。

「嗯。」米隆親眼確定結晶消失，才問道：「你剛才只是提醒聖物不在學院？」

米那點點頭，「對，總覺得是教皇的陷阱。」

「那你再通知他們一次，我們目標就是去楓林學院。」說到這裡，米隆壓低嗓音，「告訴他們，我們會『慢慢』的走過去，他們最好在我們過去前就試探完畢。」

「這可能嗎？」米那苦笑。

「只是通知他們而已。」米隆淡淡的說。

雖然他們溫和派對能不能拿到元素聖物，並沒有多大的想法與需求，但他們也不會因為自己不想要元素聖物，就一心一意幫助黑暗教會。

再說聖物到底在不在楓林學院還不一定呢，讓黑暗教會先試探也好。

至於光明教皇交予他們的任務，雖然他是激進派的人，但好歹是一教之皇，加上這次光明教皇的訴求是用理性的方式，和學院溝通聖物的所有權，不算太過分，他們只能照辦，況且他們的身後還有一名黑暗獵人跟著，就算要陽奉陰違，也做不到。

一切只能等他們到達楓林學院，看學院的態度再決定之後的動態。

光明教會所在的中央區外頭，有一名黑髮男子在外盯梢。

兩名大主教暗自從教會離開、一名黑暗獵人在後頭偷偷跟著，男子都看在眼裡。

過了許久，男子的腳邊驀地浮出一道魔法陣，一顆黑色的結晶從陣中彈了出來，男子動也不動，僅是動了動手，結晶自動納入男子的手中。

手用力一捏，男子手中的結晶順著這個動作碎裂開來，結晶內的情報也在同時傳入男子的腦海裡。

——蒐集的情報有假，真正的元素聖物不在楓林學院。

然後過一會兒，又有一顆結晶從地面浮出，那是米隆和米那的第二項通知。

男子摸索衣袍，從袍中拿出一顆白色結晶，留下一段訊息，將結晶發送出去。

——我知道了。

簡單的四個字，但在男子的心中又是別的意思。

他們黑暗教會並不是呆子，所有情報販子的情報都將元素聖物的所在位置給指了出來，太過統一像是誰在操控情報，他們不會因此而中計。

況且，現在的光明教會內部看似安定下來，實際上依舊派系對立，也因為這個原因，黑暗教會才會派人在光明教會的區域布下眼線，查看光明教會的動態。

不然依照以往，只要他們一靠近光明教會，一定會被潛在暗處的黑暗獵人發現，進而被滅口。看他們現在可以平安無事監視教會，就知道教會內部亂到無暇顧及外頭的狀況。

是因為溫和派當道，激進派之人減少，才會變成這樣？

不，一定有其他原因。

男子瞇起眼，先回黑暗教會，通知光明教會傳出的訊息，先派人去楓林學院交涉。

計畫比他想像的還要順利。

光明教皇對於目前的行動，露出滿意的笑。

米隆和米那這兩個人絕對沒有想到，那項有關於黑暗教會的消息是假的，就算溫和派的那些人想不透他這樣公開說明的原因，也會因為黑暗教會那一方是目前的合作對象，就算這項情報無法確定，基於道義關係，還是會先通知黑暗教會，告訴黑暗教會——光明教皇有派獵人在學院布下陷阱，等著黑暗教會上鉤。

但他們絕對沒有想到，真正的殺招就在這裡。

不論有無通知、結果如何，黑暗獵人必定會潛伏於楓林學院外，等待米隆、米那和黑暗教會的人進入學院，好將他們一網打盡。

光明教皇瞇起眼，看著他現在身處的地方。

現在他就在祭祀光明聖物的聖壇殿內，他的身後站著許多祭司，那是在米隆和米那雙雙離開光明教會後，他發出命令聚集過來的。

聖壇殿的最中央，可以看到置放在聖壇上的光明聖物發出淺淺的白色光輝，進入聖壇殿的祭司們看到光明聖物，無一不跪拜下來，誠心恭敬的膜拜聖物。

看著跪在地上的光明祭司們，光明教皇勾了勾唇，露出冷冷的笑。

「你們知道為什麼本皇要把你們召集在這裡？」

話語一出，祭司們都搖頭。

「元素聖物現世的消息出來了，但因為聖物在學院，米隆大主教和米那大主教前往學院索取時，可能會遇到一些困難。」光明教皇頓了頓，確認著祭司們的反應。

「楓林學院內部狀況不明，黑暗教會有可能前往攪局，搶奪我們即將接入教會的元素聖物，為了兩位大主教的安全，我請各位前來聖物祭壇殿，要你們與我一起替兩名大主教祈禱，讓兩名大主教的任務可以順利完成，平安歸來。」

每一位大主教所持有的白色法杖的內部都裝有一個小型的光明聖物分身，只要加強聖物本體的力量，持有分身聖物的人可以獲得那部分增強的力量。

這是光明教會內部，不論是大主教或祭司，每個人都知道的事實。

為了能夠獲得聖物分身，為了可以讓自己無限制使用光明神術，不需要擔心力量耗竭，所有祭司們的目標就是要爬上大主教的位置，如果祭司的野心再高，更是希望自己是未來的教會領導者。

光明教皇轉過身，面向光明聖物，做出虔誠祈禱的模樣。

底下一整群祭司們見狀，也跟著祈禱。

米隆和米那這兩名大主教在光明教會的名聲不錯，祭司們大方的在祈禱文裡加了自己的力量，讓聖物的力量得以傳遞到兩位大主教的身上。

光明教皇一邊唸著祈禱咒文，暗中布置一道法陣。

祭司們絕對不知道，米隆和米那在中央殿被他喊出時，他就已經在他們的身上下了一個記號——那是一個遠距離攻擊標誌。

這是一個千載難逢的機會，因為元素聖物的關係，那些虎視眈眈想要爭奪元素聖物的人全部聚集在楓林學院或者是周邊區域。

光明神術中有一個強大的攻擊性神術，那是被列為禁止使用的神術，發動前，必須要催動光明聖物的力量，用聖物力量為引，刻劃出一道攻擊法陣。

只要身為「標的」的米隆和米那到達楓林學院，深入學院的最中心，他就可以發動攻擊法陣，將楓林學院還有那些競爭者，包括屬於溫和派的那兩人一起毀滅。

光明教皇暗自瞥了身後的祭司一眼，一旦禁咒發動，在這裡專心祈禱的祭司也會因為體內的力量耗竭，昏倒在地。

然後他再暗中派獵人將這些祭司全數處理掉，再將這樁血案嫁禍給黑暗教會，到時他就可以用受害者的身分，催動信徒的力量，讓光明教會得以名正言順將黑暗教會清理的一乾二淨。

如果順利的話……他還可以讓激進派重新主導光明教會，讓他們回到教會權力的核心。

光明教皇想到這裡，勾起一抹詭譎的笑，唇微動，唸出一串神術，他的左手掌心浮出一道光芒，手一捏，屬於光明教會最高權力者的權杖驀地現身，他握著白色的權杖，由左向右，輕輕一揮，權杖前端灑出淡淡的白光。

光明教皇的腦海清楚映著法陣的紋路，看似祈禱必備的動作，那一道道碰觸地面就消失的小白光，卻是構築法陣的基本線條。

等到撒出去的光芒與腦中的法陣重合，聖物傳來淺淺的波動。

——終於連上了。

光明教皇內心想著，然後，等待法陣穩固以及……黑暗獵人回報兩名大主教的狀況。

「唔啊，現在是怎麼一回事？」

格里亞揮了揮摺扇，搧出輕柔的風，故意露出吃驚神色看著來到他眼前的三方人馬……更正，是兩團加一人。

兩團自然是指光明教與黑暗教會。

光明教會的人少一點，是兩個大主教和一個黑暗獵人。黑暗教會那邊的人就多一點，為首的人之外，還有三個幫手。

至於獨自一人的那位目前沒有說出身分，但他的目的應該也是元素聖物。

光明教會這次的進入方式挺讓他訝異的，虧他還以為光明教會的人會用潛行之類的方式偷偷進入，沒有想到，光明教會居然是請求學院同意他們進入。

來的人，當然是米隆和米那。

其中一人還是因為先前祭司襲擊的事件，而與他們護衛隊交涉過的人。

記得沒錯，這兩人是溫和派的首腦？

格里亞以為來這裡的人會是激進派之人，不過從威森那裡傳來的情報顯示，光明教會的內部鬥爭，激進派鬥輸溫和派的事應該不是虛假。

不然來這裡的人應該是一堆黑暗獵人，還有先前與他交手過的莫里大主教。

「學院護衛隊的隊長，好久不見。」米那對格里亞輕輕點頭。

格里亞嘖聲道：「喂，別裝熟，我和你最多只有一面之緣，不需要用『好久不見』。」

米那聞言，沒有開口說話，選擇點頭回應，他要的效果已經有了。

當格里亞回話時，黑暗教會的代表露出錯愕的神色，看來他因為米那隨意和格里亞打招呼，還有格里亞之後所回的話語而感到訝異。

「嘛，你呢？」格里亞偏頭，看向黑暗教會派來的代表，「院生小子，你今天是用哪種身分來到我面前？」

學院院生——亞爾斯諾，同時是黑暗教會的教王左右手，也是讓龍夜等人被捲入光明與黑暗教會之間糾紛的元凶。

「當然是黑暗教會的代表。」亞爾斯諾微微一笑，說出答案。

「格里亞先生，現在要怎麼辦？」在格里亞身旁的龍夜，低聲問道。

人數方面，他們是在下風。

目前場面上屬於協助格里亞一方的人只有龍夜一人，旅店情報商雖然接受了格里亞的委託，但珀因認為他不適合出現在「檯面上」。

畢竟「旅店情報商」的客人遍布水世界，光明教會與黑暗教會的人都曾是他的顧客，但那些是在私底下，表面上沒人知道他與這兩方有所合作，就算雙方有猜測過，也不能明講出來。

畢竟情報商主要還是賣情報維生，顧客是不能問他們同時接了幾份工作。

保險起見，他還是退居幕後，暗中觀察「敵方」狀況，更可以利用敵方不知道他就在這裡的優勢，根據他們的動作，選擇如何微調他所設置的吸收法陣。

因此，面對「兩團加一人」的陣仗，格里亞一方顯得弱勢許多。

原因在於，在這樹林區裡，只有格里亞和龍夜，其他的協助者統統躲在暗處。

龍夜站在格里亞的身後，難掩緊張神色，不斷偷偷看著格里亞。他不相信眼前已經出現的這些人，就是全部的敵人。

仔細想想，現在是暴風雨前的寧靜？或許過一會兒，這個地方就會被許許多多的人包圍，然後他們就是標靶，只有挨打的分？

「小助手，你再露出那種表情，我就將你趕走。」格里亞用摺扇半遮著臉，威脅。

龍夜馬上屏除雜念，把腦海那些亂七八糟的思緒丟掉。

「嘛，光明教會和黑暗教會的代表都來這裡了……」格里亞看龍夜目光呆滯，不再一臉畏怯，這才將眼神抽離，放到有著褐色髮色的青年身上，「你呢？你又是誰？」

這人到來之後，沒有說過一句話。

亞爾斯諾和兩位光明教會大主教對於這個人的出現都露出困惑神情，似乎他們同樣不知道這個人的身分。

「凡納斯特，元素聖物守護者。」男子說出自己的名字與身分。

格里亞點點頭，看著自稱是元素聖物守護者的男子。

——果然，是他。

雖然先前在菲斯特商會外頭看過青年，但還是忍不住再次打量。

長相不同呢，看樣子在商會時，這位使者先生有稍微改變自己的面容。

格里亞的記憶很好，基本上看過一次的人就會記住。看來元素聖物守護者挺在乎露面的危險性，是個小心謹慎的人。

「小助手，你聽聽，他說他是元素聖物的守護者，他可是比光明教會與黑暗教會的人還要罕見，你可要趁機多看幾眼，或許這次看完，就沒有機會見到。」

當下，格里亞故意調侃凡納斯特，順道看看他的反應。

只是凡納斯特不是省油的燈，不會因為格里亞這一席話而動怒。

但龍夜卻因為格里亞這句話而緊張起來，這樣刻意去惹火自己的敵人好嗎？

只是龍夜不是格里亞，無法揣測他的心思。

不過也因為凡納斯特自曝身分，讓光明與黑暗一方都朝他多看了幾眼。

「格里亞，你可以把元素聖物交給我們嗎？」亞爾斯諾刺探道。

「聖物交給光明教會保管，比較好。」米那聞言，皺眉阻止。

「怪了，元素的聖物為什麼需要由你們保管？」凡納斯特聞言，分別冷冷瞪了亞爾斯諾和米那一眼。

「你說你是元素聖物的守護者，別人就得相信你？」亞爾斯諾挑刺道：「你有證據顯示你是元素聖物的守護者嗎？」

「證據倒是沒有。」凡納斯特輕輕搖首。

亞爾斯諾對於這麼個面癱、欠缺反應的人，稍微感到棘手。

「看樣子你們都想拿到聖物。」格里亞揮揮扇，「只是我要交給誰呢？」疑問拋出，所有人目光一致，朝格里亞看去。

「呵。」格里亞輕輕一笑，「話說回來，你們有沒有想過，聖物不在我的身上？」

龍夜在一旁點頭附和，記得格里亞說過，他並沒有元素聖物，會設這個局是想要把麻煩一次解決。

格里亞刻意提出的質疑，讓亞爾斯諾和米隆、米那陷入思考。

「哥。」米那小聲喊了米隆一聲，「如果沒有，那該怎麼辦？」

「離開。」米隆很乾脆，「他沒有聖物的話，我們沒必要跟學院鬧翻。」

米那瞭然的點頭，看來真的是光明教會逼得太緊，楓林學院只能用這種作法把懷疑的人聚集起來，再試圖說明或證明聖物不在這裡。

「怎麼可能沒有？」暗處浮出一道身影，是隨行在米隆和米那身後的黑暗獵人。

格里亞默不作聲的看著黑暗獵人，只見對方指著凡納斯特肯定的說道：「元素聖物的守護者就在這裡，聖物怎麼會不在學院？」

「蠢人。」亞爾斯諾嘆口氣。

黑暗獵人都是笨蛋不成？如果承認凡納斯特就是元素使者，那元素聖物豈不是要拱手相讓？

當然，米隆和米那同樣鄙視的朝黑暗獵人睇了一眼。

「嘛，說不準那位褐髮的是被情報騙過來的。」格里亞隨口亂說。

「是這樣嗎？」黑暗獵人一臉不信。

從頭到尾，凡納斯特都沒有說話，他的目光一直緊盯著格里亞，其他人的話根本沒有被他聽進去。

格里亞看著異常專注的凡納斯特，不禁用摺扇半遮住臉。

看樣子真的是元素聖物的守護者呀！

從凡納斯特的眼神看來，這個人確定聖物就在他的身上。

不過他得慶幸，先前他「請」龍緋煉注意校外的人們，如果有人潛入學院，如果對方的目的不是聖物，而是假借與他索取聖物的名義，實際上是要竊取學院物品，就直接請對方「離開」，不讓人趁機進來渾水摸魚。

畢竟現在學院是門戶大開的狀態，他不能保證進入的人全是針對他。

「喂，你們要不要協調一下，結論如何再跟我說？」

「廢話少說，交出聖物來。」

黑暗獵人感覺米隆和米那不打算認真跟格里亞索取聖物，決定先下手為強。

亞爾斯諾見狀，抬手驅動身上的小型黑暗聖物，阻擋住黑暗獵人。

以這為契機，格里亞使出風刃，朝米隆和米那揮去。

「不想打，就不要礙事。」

格里亞發現兩人毫無戰意，既然他們無心在這上面，站在這裡只是礙眼。

米那發動光明神術，將格里亞刻意打過來的風刃打碎。

「我們要怎麼辦？」米那小聲問道。

光明教皇所派遣的黑暗獵人目前與亞爾斯諾纏鬥中，他們要幫助獵人迎擊黑暗教會的人嗎？

「先在這裡看著。」米隆一臉凝重，「米那，這裡的人數沒有你想的這麼少。」

米隆的光明神術全是輔助性質的神術，他暗中發動神術，加強自己的五感，於是他可以感覺到周圍有許多莫名的氣息，似乎在暗處窺視他們。

「有別人？」米那微微發動神術，小聲說道：「神術是不是被限制了？」

方才米那使用光明神術抵銷格里亞的攻擊時，有注意到施展出去的力道比他認知的還要低一點。

雖然不明顯，他還是注意到這一點點的力量差距。

「這裡是學院。」米隆暗自提醒米那，這裡畢竟是楓林學院的地盤，既然對方敢「邀請」敵對勢力進入，必定會做保護措施。

「那我們該怎麼辦？」米那抬起早已召出的法杖，「如果我們沒有動手，黑暗獵人一定會馬上回報給教皇冕下知道。」

米隆點頭，那是肯定的。

黑暗獵人表面上是保護他們，實際上是監視。

目前檯面上是黑暗獵人被黑暗教會的幾個人圍攻，雙方動手之後，元素使者——凡納斯特也有動作，他的目標正是格里亞。

而現在沒有加入戰局的，就是他們與龍夜。

「老樣子，輔助我？」

米隆點頭，拿出白色法杖，叮嚀自己的弟弟，「你放寬心的攻擊，不過要記得——」

「不要傷了對方的性命。」兩兄弟異口同聲的說完。

米那身形一轉，驀地出現在龍夜身前。

龍夜見狀，手一抖抓出兩張符紙，「爆！」

符紙拋出，符紙一飛到半空中，立刻發出猛烈的爆炸聲響。

「哦，小助手挺拚命的。」格里亞聽到聲音，側頭朝龍夜的方向望去。

凡納斯特手指微動，各色的小光球一一浮出，那是元素的操控之法，是只有真正的元素信徒才能使用的元素神術。

格里亞晃晃摺扇，向後跳了數步。

面對與自己一樣都是遠距離攻擊的人，格里亞有點頭痛，看來，雙方要比拚的是施法速度，誰快誰就先佔上風。

凡納斯特動了動手指，將各色光球混合在一起，他可以感覺到格里亞那邊傳來若有若無的元素聖物氣息。

可能是距離近了，他十分靠近聖物的關係，他可以看到格里亞藏匿聖物的地方。

那是置放在格里亞腰部的收納袋裡。

也是因為他很靠近聖物的關係，所以他調動元素力量的速度變快了。

——聖物與守護者的力量是息息相關的。

那是老一輩的人，在傳承元素聖物的相關知識時對他所說的話。

這一代守護聖物的人就剩他一人，同時他也很慶幸，在他這一代終於見到聖物。他相信，只要他把元素聖物帶回早已荒廢的神殿，元素信仰就會重新復甦。

這也是他從另一個偏遠都市來到水世界首都——銀凱的原因。

「嗯嗯，看樣子我們不需要搧風點火，他們就自己打起來了。」

綠髮青年倚在樹上，目光朝樹林的最深處望去。

那邊他可以看到光明、黑暗和元素的人齊聚一堂，與學院的人進行對打，且隨著時間的經過，從學院到這裡的一路上，參與戰鬥的人是越來越多。

各方勢力與學院護衛隊成員糾纏著，打得十分火熱。

「主人，光是這樣看著好嗎？」老人問道。

旅店的工作暫時告一段落，老人便自動自發來到楓林學院協助主人，只是面對主人悠悠哉哉躲在樹林邊緣，看著委託方——學院的人與敵方大打出手，忍不住出聲詢問。

「我們是免費贊助，又沒有收錢。」珀因淡淡瞥了老人一眼，「而且我有在做事。」

老人低頭看著珀因的手，珀因五根手指指尖浮出透明的線條，直直朝地面延伸，線端陷入地面，他理解的點頭，看來主人正在全心操控結界。

「要多吸收一點嗎？」老人提議道：「從那邊散發的氣息判斷，目前力量還不夠多。」

「我有預感，時間一旦拖長，會有意外的收穫。」

他們的神明雖然甦醒，但其實還處於半沉睡的狀態。

可以給予他們力量的支援，遮蔽那些被水世界人們稱為神明的三道力量，但還是不夠。

他們希望神明可以完全復甦，重新出現在水世界，讓這個世界的人們可以親眼看看，真正守護世界的神明是祂，而不是那三名偽神。

所以珀因依然看著，他看著黑暗教會與光明教會的人毫不間斷的攻勢，褐髮男子與格里亞的對峙，以及光明教會的兩名大主教聯手對付一名可憐兮兮的小助手。

「哎呀，你看看。」珀因噙著一抹笑，目光從最深處轉移到樹林區的邊緣地帶，他看到不少人和不同派系的人出現在這裡。

「主人，他們是要來搶聖物的？」

「嗯，應該是。」珀因嗤笑道：「看他們偷偷摸摸的姿態，更像是來撿便宜的。」

「那主人您打算？」

珀因揚手，打出一道傳送法陣，將一部分的人傳送到樹林的最深處，也就是格里亞的所在地。

「讓他們多一點事做？」老人愣了下。

珀因點點頭，「所有人亂成一團、打在一起才好，為什麼要規規矩矩的一對一？」越亂，他越可以快速收集他所需要的力量。

因為越亂，那些人施展出自己的信仰神術力量時才不會有所節制。

為此，他將那些鬼鬼祟祟的偷窺者送入裡面。

珀因勾起了唇，眸中透出的笑意非常濃烈，接下來會怎樣呢？

內心的預感越來越明顯，他非常肯定，今日「他們」傳承下來的使命必定會完成。

Chapter 06 禁咒神術的發動

雖然一部分實力較強又行動鬼鬼祟祟的人，被珀因的傳送法陣送到格里亞附近，還是有不少人依然聚集在樹林外圍，窺伺裡面的情勢。

其中包括光明教會「部分」激進派人士。

表面上光明教皇把任務委託給米隆和米那這兩名大主教，也派遣了黑暗獵人跟隨，但保險起見，光明教皇又派了幾名屬於激進派的成員前往學院查探。

如果情況允許，他們可以趁亂搶走元素聖物，就算找不到開搶的時機，最少也能將學院的狀況在第一時間回報到光明教會。

畢竟跟隨著米隆和米那的黑暗獵人進入學院後，有絕大部分的機率會因為開始戰鬥，而無法將攻擊指令發回教會。

所以他們是保險，只要他們覺得可以，不需理會黑暗獵人的安危，能夠直接通知光明教皇，告知他神術可以發動。

樹林外圍的人個個蠢蠢欲動，內部的人則是戰成一團，難以中斷。

凡納斯特揮著手，舞動圍繞在周圍的小光球，作為護壁。

格里亞一邊保持距離，一邊揮出風刃擊碎聚集在凡納斯特周圍的光球。

「唷，元素聖物的守護者只會些小花招？」格里亞輕鬆的挑釁。

凡納斯特冷哼一聲，右手揚起，用力一揮——

聚集過多的光球，瞬間全數朝格里亞飛去，更因為不同屬性的彼此加乘，爆發力出乎尋常的導致移動速度添加數倍。

格里亞連忙連續召出風刃，但這次風刃一切開光球，光球便發出光芒，發出無聲的爆炸，一下子光球爆發的光芒便連成了一整片。

這樣劇烈的光球爆發，導致在附近對打的米隆、米那和龍夜也轉過頭觀看。

『不要分心！』

耳畔傳來暮朔的喝叱，龍夜趕緊回神，重新把精神放在米隆和米那身上。

龍夜看著兩個配合默契的敵人，手緊握著木杖，腦袋一直運轉，然後他抖了抖衣袖，數張符紙滑入掌中，他小心捏緊符紙，思索攻擊的時間。

只是他正要動手，樹林裡突然冒出濃烈的白霧，猝不及防之下，所有人瞬間被白霧吞沒。

龍夜正打算使用法術將白霧吹散，卻感覺到另外一股詭異的氣息。

——那是從霧裡發散出來的。

「這些是元素？」

那不是正常的霧，而是帶著元素氣息的霧氣。

然後，在他察覺這些霧氣的正體後，龍夜眼前的視線由白轉黑，他看不到任何的東西。

『視線被遮斷了？』暮朔同樣感到疑惑。

看來不只是他，連暮朔也一樣？

「暮朔你也看不到？」龍夜深怕米隆和米那就在附近，連忙用想的進行「對話」。

『嗯。』暮朔肯定說道：『你感知附近看看。』

暮朔的命令拋出，龍夜發動探查法術，以自己為中心，將感知範圍朝外擴散。

「咦？」龍夜錯愕的傻住，為什麼他附近一個人都沒有？

龍夜再次加強感知範圍，探查的結果依然一樣。

『被關起來了吧？』暮朔可以做出判斷了，『濃霧本身有問題。』

「是空間類型的魔法嗎？」龍夜確定周圍沒人就直接動口。

不然就是傳送類型的魔法。

不是他被關押在原地，就是他被送到別的地方。

「哎呀，好險、好險。」珀因淺淺一笑，拍了拍胸口。

方才與格里亞對打的元素使者，突然收起光球魔法，雙手用力一拍，樹林內的水元素濃度飆高，瞬間濃霧瀰漫，遮掩住所有在樹林區內人們的視線。

凡納斯特趁所有人因為突來的事故呆滯的瞬間，快速畫出一道法陣，再將格里亞身上的元素聖物力量導出，和他的法陣結合，施展出另外一個空間魔法。

一顆掌心般大的黑色方狀物從法陣彈出，凡納斯特雙手一拍，方狀物又分成無數個黑色方塊，他吹出無聲的哨音。

哨音過後，黑色小方塊驀地消失，同時，白霧自動退散。

下一刻，除了他之外，整片樹林裡再見不到任何一個人。

「主人，那是什麼？」老人皺眉，低聲詢問珀因。

「看樣子，元素那邊的人很擅長使用空間類型的魔法。」

只是凡納斯特沒有想到空間魔法會對遠方的珀因和老人無效。

畢竟他們身上有神明保佑，雖然他們也被空間魔法束縛住，但僅是短短一瞬，下一秒就被兩人隨身攜帶的褐色石頭解除了，現場才會只剩元素使者和他們兩個。

「接下來您打算怎麼做？」老人又問。

目前凡納斯特並不知道這裡還有兩個人沒有被空間魔法關住，如果想要偷襲，現在的時機非常好。

「這樣就不好玩了。」珀因把掛在腰間的收納袋拿起，將褐色石頭取出。

老人見狀，默默向後退了一步。

珀因將褐石向上一拋，地面的影子竄起，將石頭切成粉末。

他使用魔法，把粉碎的褐石末飄散到樹林的各個角落，想要利用這些褐石粉末感知光明教會與黑暗教會的人被關的空間地區，再運用土地神的褐石力量，將那些人拖出。

等到褐石把空間的情報回傳給珀因後，珀因沒有想到，人數還挺多的。

不，或者該說，凡納斯特藉助元素聖物發動的魔法，本身就是大範圍的空間魔法，不論是在樹林內或樹林外，全數都被關了進去。

非教會以及教會的人一樣多，那該不該把那些人救出來呢？

不，先不要拉出來好了，畢竟他的目的是利用教會的人和他們身上的力量，閒雜人等還是繼續在那個黑暗的空間裡尋覓破解之道好了。

珀因做出決定，釋放暗示。

轉眼間，光明教會與黑暗教會的人出現在凡納斯特的周圍。

空間魔法居然被強行解除大半，讓凡納斯特露出錯愕的神情，瞠大雙眸看著不知何時出現在周遭的一群人。

同樣，被丟到他附近的教會從屬，不論屬於光明教會或黑暗教會的人也感到詫異。

珀因勾唇輕笑，瞬間來到凡納斯特所在的地方。

「只是空間魔法被解除，有必要這麼訝異？」

話一出，凡納斯特將目光放到珀因身上。

其他因為凡納斯特的魔法而被關起的教會之人，也注意到這名不知何時出現在此地的綠髮青年。

「你是誰？」凡納斯特突然確定這位青年就是解除魔法的人。

「珀因。」珀因道出名字。

同時，聽到他報上名號後，伴隨而來的是周圍大多數人的抽氣聲。

旅店情報商之主怎麼會出現在這個地方？

不論是有合作關係的黑暗教會以及光明教會溫和派，還是不再繼續合作的光明教會激進派，面對這名情報商之主的到來，他們的心中滿是問號。

「這些傢伙來這裡做什麼？」米那皺眉看著附近某些熟臉孔，提醒兄長，「該說是激進派的人太想爭功，還是教皇冕下不相信我們？」

米那對於那些激進派成員前來此地的意圖，大概可以猜出大半。

「爭功的可能性比較大，不是嗎？」米隆淡淡說道。

米那嘴角抽了抽，露出苦澀神情。的確，以目前激進派的狀況而言，他們非常希望可以找到翻身的機會。

只是放眼望去，當事人——風．格里亞根本就不在這裡。

除了光明教會、黑暗教會、元素使者以及旅店情報商，其他人都沒有看到。

詭異，這很詭異。

看元素使者凡納斯特驚愕的模樣，中途插手的人應當是珀因。

果然，下一秒這個猜測就成了事實。

「嗯，人數還是有點多。」珀因喃喃道：「應該要把格里亞放出來的。」

珀因差點忘記所有人都把目標放到了格里亞的身上。不過，沒放出來也有沒放出來的好處。

「你們想要拿到元素聖物？」珀因笑著指向凡納斯特，「雖然當事人被這傢伙給關了，或許我會看在誰是贏家的分上，把當事人給弄過來？」

這番話無疑是個誘惑，不少人聽到這席話，把珀因排除在攻擊之外。

只要將其他人打倒，就有機會搶到元素聖物。

不少人是這樣認為的。

凡納斯特聽到珀因這席話，眉頭重重揪緊，目光移到他的身上。

對於珀因可以隨時破解他的魔法，這種力量讓他感到棘手。

對於取回元素聖物……因為格里亞的動態還在他的掌握之中，珀因那些話對他來說一點影響都沒有，只是那些想要搶奪元素聖物的宵小，他必須想辦法解決，但前提是，他的魔法不會又因為珀因而失效。

這麼看來，珀因是他最大的麻煩，那麼就先處理掉他吧！

凡納斯特心下決定，目標轉到珀因身上。

面對凡納斯特毫無掩飾的殺氣，珀因表情複雜的看著他。

「該怎麼辦？」某個光明教會的激進派成員詢問自己的同伴。

「依照原來的計畫，以聯絡為優先。」其中一人是這樣回答。

所以，激進派的成員決定直接把此地的狀況回報回去。

——回報光明教皇，可以進行攻擊了。

在格里亞大肆宣揚自己持有元素聖物後，亞爾斯諾離開楓林學院，將這道消息回報給黑暗教會，然後他繼續在外等候教會回報，再決定之後的行動方針。

在校外悠閒亂走的亞爾斯諾，恰巧看到米隆和米那前來楓林學院，請學院的人向內部高層通報，他們想要進入學院找風．格里亞。

面對光明教會派遣溫和派之人前來學院，倒是讓亞爾斯諾多留了幾絲心眼在他們兩人身上，就因為這樣，才發現這兩位大主教身上留有神術的標誌。

那是不明顯，且巧妙被掩蓋住的記號。

要不是他在觀察那兩人時，剛好察覺到不屬於他們兩人的、卻帶著光明神術力量的氣息，才追根究柢的向下探查，否則很難發現那是光明神術的記號。

在他的印象裡，這類疑似需要遠距離操控的神術，不是傳送標的，就是一出手，非死即傷。

以黑暗教會的立場來說，與學院索取元素聖物的人很有可能是他。

雖然楓林學院內屬於黑暗教會的人並不少，但大部分都是信徒，唯一有著像樣身分的人僅有他。

不論他們黑暗教會是否正和光明教會溫和派合作，看在他有可能會和光明教會的人一起面對格里亞，一旦神術發動，倒楣遭殃的事鐵定有他一份。

為了小命著想，在黑暗教會發回消息前，他只能先讓黑暗教王查查。

「唉唉，連部下都隨意差遣我，我是不是該檢討呢？」留有一頭長長黑髮的男子看著浮在掌心的魔法陣，搔搔臉頰，無奈說道。

『什麼檢討？菲亞德你不要太過分了。』

菲亞德用空著的手壓了壓耳朵，面對暴躁易怒的左右手，露出無奈的神情。

他是做人太好，部下都欺壓在他上頭了嗎？

不，他差點忘了，他只有「黑暗教王」的光環，實際上，黑暗教會內部對於有沒有他，一點也沒有掛在心上。

「別生氣、別生氣。」菲亞德誠意不足的與亞爾斯諾道歉，「你會用通訊魔法聯絡我，讓我挺訝異的。」

『沒辦法，我沒有時間。』亞爾斯諾輕描淡寫的說：『就算我真的回報了，他們也不會理會，還要我假裝沒有看到，刻意把我往死裡扔。』

畢竟被下記號的並不是自家教會的人，黑暗教會沒必要替對方擔憂。眼不見為淨，自動全部當上瞎子，假裝一切沒有發生。

「我知道了。」菲亞德輕笑道：「聽你形容的記號，我大概知道是怎樣的神術。」說到這裡，菲亞德頓了頓，晃了晃還開著通訊魔法的手，腦海浮出一項猜測。

『什麼神術？』亞爾斯諾問道。

「我得確認一下到底是不是我想的那一個，你先把神術的波動訊息傳給我，這樣我才方便找出施術者。」

菲亞德等了一下，收到亞爾斯諾傳來的波動訊息後，愣了一下。

還好他和亞爾斯諾進行的是遠距離對談，如果被他看到自己那張驚愕的臉，鐵定會打破砂鍋問到底，向他詢問是不是知道記號的主人是誰。

「收到，那我把通訊魔法關掉，開始查詢。」

避免談話時間拉長，會被亞爾斯諾聽出自己的情緒起伏，菲亞德迅速說完這段話後，便切斷與亞爾斯諾的通訊，目光輕轉，放到光明教會所在的中央區上。

亞爾斯諾絕對沒有想到，他現在就在光明教會的門外吧？

原先他只是想要趁光明教會那些人把注意力集中在學院時，偷偷潛入進行查探。剛好，亞爾斯諾給了他一個好機會。

——神術記號嗎？

俗話說得好，敵人的敵人是朋友。雖然光明教會是他們的敵對勢力，但畢竟溫和派和激進派本身的理念與作風幾乎相反，再加上黑暗教會目前正與溫和派合作，最近觀察下來，溫和派順利壓制住激進派的勢力。

這對他們而言，算是好事，並非壞事。

可能是溫和派的勢力圈開始增長，最近黑暗教會內部沒有聽到一些教會成員被迫害的消息，看這情況，溫和派還是有遵守他們的合作協議。

既然如此，他們總是要盡到一些基本的義務，把該做的事做一做。

況且，他跟放出記號的主人有一點點的嫌隙，趁這機會好好的總清算一下。

菲亞德勾了勾唇，看著近似門戶大開的光明教會。

光明教會的影子守護者——黑暗獵人人數本身偏少，光明教會又打算將主力放在楓林學院，變相的讓固守光明教會的力量減弱。

所以，菲亞德沒有費多大的功夫，輕鬆潛入了光明教會，順著亞爾斯諾所給予的記號氣息，尋找那位記號主人的下落。

只是菲亞德剛踏入光明教會沒多久，依循著記號氣息往內部走去，走著走著，越往裡面走，越是感覺不對勁。

他連感知的步驟都省略了，直接用肉眼觀看，都可以看出光明教會內部的力量波動非常的高，而且光明元素還出現實體化徵兆。

他可以看到一條條，像是絲線般濃稠的白色元素線條，由內向外，不斷擴散延伸，那些幾乎實體化的光明元素線段還可以看到一點點的金色光芒。

菲亞德見狀，不自覺皺緊著眉，抬手碰觸部分帶著金芒的白色線段。

在接觸的瞬間，白色的光明元素消失，露出裡面的金色元素。

——那是聖物的力量。

長時間與黑暗聖物接觸的菲亞德，一看就知道金色元素的來源。對於光明教會內部突然飄散的聖物氣息，讓他心中萌生出不妙的預感。

祭祀光明聖物的聖壇殿發生了什麼事？

菲亞德往教會的更深處走去，來到聖壇殿後，他左右張望，從上衣口袋裡拿出一顆透明的圓球，用力一捏，將球體捏碎，手一揚，他的身前浮出一道魔法陣，接著朝魔法陣用力一撞，自動被魔法陣吸收在內。

那是他向旅店情報商額外購買的一件小道具，使用方式與功能都很簡單，那項物品的作用就是不讓人察覺到自己的存在，好前往自己想要潛入的地方。

當然，此項物品並不適用旅店情報商的旅店，因為賣他物品的珀因有當場試給他看，只要進入旅店的範圍，此項魔法完全無法運作，看似輕輕一捏就會碎裂的透明圓球，不管他怎麼按，都像石頭一樣的堅固。

然後珀因笑笑拿走菲亞德手中的圓球，一走出旅店，輕輕一捏，圓球內嵌的魔法瞬間發動，菲亞德親眼看見珀因跳入魔法陣消失，然後又在旅店的門口現身。

那個動作是警告他，別妄想對旅店使用這項魔法。

現在菲亞德使用魔法，第一次嘗試還有些不習慣，他低頭看著自己的手、腳以及身體，發現他的皮膚上有一層薄薄的透明薄膜。

他把目光放到聖壇殿的門口，手碰觸到白色的大門，自動穿了過去。

菲亞德見狀，直接往裡面走了進去。

雖然他身上有著旅店的掩飾魔法，但進入聖壇殿後，他還是小心的找個地方躲著，探查內部的狀況。

果真不是他的錯覺，放眼望去，聖壇殿中央聖壇上的光明聖物發出耀眼的光芒，在聖壇下方有許多祭司跪拜在地上，口中不斷唸誦祈禱的咒文。

菲亞德看了祭司們一眼，祈禱的力量經由他們流入光明聖物，那是有目的加強聖物力量的行動。目光轉移到光明教皇的身上，菲亞德發現光明教皇雖然做出祈禱的動作，但他揮動法杖時，落下的祈禱力量卻有些詭異。

菲亞德半瞇著眼，仔細觀察光明教皇的動作，當他落下最後一道白光時，神色一冷，菲亞德知道那傢伙想要做什麼了。

記號、加強光明聖物的力量、光明教皇的動作。

他的腦中串聯起全部訊息，這是遠距離攻擊類型的魔法？

雖然菲亞德本身是被教會架空的教王，但該知道的事還是很清楚的。

菲亞德看光明教皇有新的動作，看似要朝門口方向走去，連忙遠離門口。

光明教皇踏下聖壇，直接離開聖壇殿，跪拜在地誠心祈禱的祭司們沒有注意到教皇的離開，繼續祈禱著。

菲亞德納悶了一下，光明教皇祈禱到一半就走了，那群祭司不會懷疑嗎？

他走到最近的祭司旁邊，蹲下身，看著祭司的狀況。

當他的雙眼與祭司的眼睛對上，菲亞德心臟猛地抽了一下，詫異的看著光明祭司。

——那是一雙無神的雙眼。

看來這裡的人不知不覺被下了法術。

菲亞德站起，悻悻然嘆口氣，這些人沒救了。就算能夠救，他也不想救這群人，以免惹事上身。

他內心是這樣想的，所以他轉過身，決定去追離開的光明教皇。

他想要親眼看到神術發動後的情況。

光明教皇是這樣想的。

所以等到神術穩定了，確定就算他不在聖壇殿裡，禁咒神術還是會自動運轉。因為那些祭司在專心祈禱時，就被他暗中發動的第二個神術慢慢收攝了心神。

那是慢性且最不容易被發現的。

那項控制神術發動後，就算他離開，不會有人追問他離開的原因、不需擔心自己走了祈禱會不會中斷、神術發動後力量會不會減弱，更不會被祭司發現他在聖壇殿動了手腳。

祭司的祈禱，其實是在幫助他加強神術的威力。

所以他才會安心使用傳送法陣，來到楓林學院的附近，想看著神術發動，楓林學院被毀滅的一瞬。

就為了教會犧牲奉獻吧！

光明教皇冷冷笑著，內心是這樣想的。

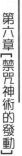

只是他沒有想到，他的一舉一動都在身後尾隨的黑暗教王眼中。

菲亞德好不容易追上了光明教皇，看到他使用傳送法陣，猜測出他前往學院的可能，跟著發動傳送魔法，讓自己先到楓林學院附近，再去查探光明教皇所在的區域。

他是在靠近學院的一處暗巷，發現光明教皇的蹤跡。

光明教皇異常專注凝視著學院，菲亞德皺緊眉頭，微蹲著身，拉起褲管，從長靴裡抽出一把短刀，他小心翼翼握著刀，觀察光明教皇的動態。

猛地，菲亞德感覺到強烈的光明神術的氣息，他下意識轉頭，朝光明教會所在的方向看去。

——神術發動了嗎？

楓林學院裡，某個小樹林中，正彼此對立的兩個教會成員和元素使者。

「什麼氣息？這是光明神術？」

亞爾斯諾猛地抬頭，錯愕的朝遠方望去。

光明元素的氣息不斷飆高，連米隆和米那也跟著朝光明教會所在之處望去。

「那是什麼？」凡納斯特瞇起眼，吶吶發問。

身為元素的信奉者，他可以看到遠處那清晰可見的白色光明元素絲線不斷蔓延，且有目的的、有意識的往他們所在的地方接近。

「領死吧！偉大的光明神即將降下懲罰，將你們處決。」

某個激進派的光明教會成員，見狀得意忘形的大笑。

聽到這話，亞爾斯諾知道這是光明教會的行動，「嘖，搶不到就要同歸於盡嗎？」

那些人想殉教，他一點也不想。

那是遠距離的攻擊神術，只要抹消掉神術標的，神術應該就會失效。

亞爾斯諾想到這裡，對米隆和米那大喊：「喂，你們！」

米隆和米那回頭朝亞爾斯諾看去，不明白他為什麼要在這時間點喊住他們。

「記號，你們的身上被下了記號。」

米隆和米那聞言一驚，卻在各自打量後，茫然的回望亞爾斯諾。

亞爾斯諾暗嘖一聲，對於光明教會之人感覺不到自己身上氣息有異這點感到詫異。這些人是平常接觸光明氣息過久，所以對光明氣息已經沒有感覺了嗎？

面對在這個節骨眼一點也不靠譜的兩位光明教會大主教，亞爾斯諾一個箭步衝上前，手一抬，發出黑暗教會的神術，用黑暗氣息將米隆和米那身上的記號強制蓋掉。

黑暗神術發動、光明記號抹消。

但快也快不過早已發出、來自光明教會的禁咒神術，目標確定、毫不猶豫且快速的神術法陣驅動，強大的光明氣息化作毀滅的白色力量，由上往下，那威力大到光是瀰漫擴散的猛烈強光，就將學院完全吞沒。

強大的光明神術轟了下來，面積十分嚇人的籠罩了整個學院。

珀因見狀，不再保留實力，雙手一張，用力一拍，埋在楓林學院地上的吸收法陣驀地浮上半空，發出強烈的光芒，轉動運行，瘋狂吸收光明氣息，想藉此吞噬神術。

抵擋光明神術落下的中途，清脆的破裂聲響起，珀因無法分心探查詭異聲音的來源，等到光明神術的力量在危急一刻被法陣吸收，他才得以確認周圍的損失狀況。

等到他抬眼四處掃視，這才明白那道響聲的意義。

原本被關在元素使者創造的空間中的龍夜等人，還有不屬於教會方，單純是來湊熱鬧、抑或是想要奪取元素聖物，藉機發一筆橫財的人們回到了樹林區，他們正對於突然回到「真實世界」的情況感到詫異。

龍夜怔怔看著附近，腦袋一片空白。

原本他在那片黑暗的世界裡思考如何破解關住自己的空間，好快點離開這個詭異的地方去幫助格里亞。他試了很多種方法，都不能順利破解。

暮朔也知道眼前這道空間魔法的棘手之處，思考該不該讓龍夜拿出他的特殊符紙，只要他趁著龍夜專心使用法術，破解那道麻煩的空間魔法時，他就可以使用無領的法術，將關住自己的空間魔法破解掉。

——賢者本身很擅長空間類型的法術。

那是龍緋煉以前對暮朔所說的話。

或者該說，空間、傳送這種地點轉換類型的法術都是賢者擅長的。畢竟賢者的職責是管理聖域的人口，人員進出聖域時，他要知道那些人所前往的地點，如果遇上未經允許就偷渡離開的聖域之人，還要用最快的速度將人抓回來。

所以暮朔有一段時間被龍緋煉強迫學習這類法術。

暮朔沒有想到以前所學的法術，這回居然可以派上用場。

只是龍夜正要出手，而暮朔在等待龍夜動手後，再偷偷發動法術之前，他們所待的黑色空間突然起了震盪。

那是非常猛烈的振動，不論是他還是龍夜都可以「看」到空間出現裂痕。

黑暗的空間被一條條的白光掩蓋，「砰」的一聲巨響，眼前的黑色空間被白色的光芒給替換，黑色被驅逐，空間瓦解，他們回到原來的世界。

龍夜嗅了嗅空氣的味道。

此地瀰漫了許多元素混合在一起的味道，龍夜也發現樹林區像是被人使用魔法狂轟似的，樹林區的樹幾乎被磨平，露出凹凸不平的根部。

龍夜也看到留在此地的人們有人重傷、有人只是受了點皮肉傷。

「發生什麼事？」龍夜原先還有對付教會成員的心思，但此刻看到無分敵我，每個人都受了傷，他就沒有要繼續爭鬥的想法。

『看這裡的慘狀，需要慶幸我們是被關在空間裡的。』暮朔的嗓音傳入龍夜的耳中，他提醒道：『看清情況。』

龍夜聞言，再一次打量身邊的環境，都是受傷的人，有什麼好看的呢？

『笨蛋，給我眼睛放亮一點！』

暮朔真受不了，周圍都是受傷的人沒錯，但他沒有發現不對勁的地方嗎？

「周圍？」龍夜眨了眨眼，重新張望左右。

這次他很仔細的看，終於明白暮朔為何會這麼說。

很明顯，在樹林的這一群人，包含他在內，身上連半滴血……不，該說連一點傷口都沒有的人，幾乎都是「非」教會的人。

而倒在地上，像是力量耗盡，脫力癱倒在地的人，幾乎都是教會成員。

「發生什麼事？」龍夜完全處於狀況外，很想要找人問問前因後果。

剛好，有一人的反應可以讓龍夜獲得解答。

「可惡。」那是亞爾斯諾的嗓音，他的頭部受了傷，半張臉染上了血，染血部位的眼睛緊閉著，沒有張開，他睜著左眼，到處尋找目標。

亞爾斯諾的傷看似很重，但眸中的銳利神情一點也看不出他是傷患。

「光明教會的，你們這些人是想怎樣？」亞爾斯諾惡狠狠瞪著那些激進派祭司，寒聲說道：「想殺我們就算了，需要把無辜的人扯進去嗎？」

縱使黑暗教會的象徵信仰是黑暗，他們本身也是使用黑暗神術、在黑暗中行走，就算他們是罪惡的象徵，他們也沒有想過要將整個楓林學院的人一起拉下陪葬。

原先亞爾斯諾以為那記號只是傳送術使用的標的之類，但他錯了，他想得太簡單。實行這項計畫之人一定是瘋子，想要把整間楓林學院捲進去。

還好光明教會的攻擊神術打過來時，學院的防禦法陣發揮效果，減低了神術威力。

不，或許不是這個原因。

亞爾斯諾朝珀因看了一眼，瞧他嘴角揚起的那抹詭譎笑意，這傢伙動了什麼手腳？

就算如此，他目前並不想思考這些。

「下達命令的人是誰？」亞爾斯諾目光如炬，緊盯著那些瑟瑟發抖的激進派成員。

大家一起在死亡關頭繞了一圈，目前的心態都有些浮躁。亞爾斯諾一做出威嚇表情，那些激進派成員不自覺就害怕的退了數步。

「之前不是想拉著人一起死？現在不想了？」亞爾斯諾冷冷的逼問。

什麼光明教會，應該把黑暗教會的名字讓給他們。

跟他們比較起來，黑暗教會居然顯得更光明磊落幾分，這真誇張！

「不需要麻煩的逼問。」森冷的嗓音驟然響起。

屬於光明教會的某個祭司還來不及反應，就感覺到有人重重拍著他的肩膀。

「好樣的，居然敢動學院？你們活膩了嗎？」學院護衛隊隊長——風．格里亞，一臉冷肅的道：「不，就算動手殺了，似乎太過便宜你們。」

語完剎那，那位祭司雙眼的視線一黑，陷入黑暗的視界之中，然後，他感覺不到任何東西，唯一知道的，就是黑暗吞沒了他，他陷入了黑暗。

時間向前推回一些。

在楓林學院附近觀察的光明教皇看著神術發動，露出開心的笑顏。

「哈哈哈——」他的內心欣喜若狂，計畫成功了。

但下一秒，開心愉悅的心情瞬間凝滯。

他可以感覺到，有一股力量打破了他發動的光明神術，不只是這樣，光明神術溢出的濃烈光明元素在這同時也消失殆盡。

到底發生了什麼事？

光明教皇錯愕的看著楓林學院，久久無法回神。

他不自覺抬起腳步，緩緩的一步一步往楓林學院靠近。

正當光明教皇踏出巷弄時，躲在暗處的菲亞德見機不可失，握緊短刀，迅速朝光明教皇的背後刺去。

說時遲那時快，菲亞德短刀還沒刺到光明教皇，他的動作就被潛藏在暗處的黑暗獵人發現。

那名黑暗獵人見狀，拋出無數把短劍，進行阻礙。

菲亞德可惜的嘖了一聲，只能放棄攻擊光明教皇的最好時機。

後方突然傳來打鬥聲，引起光明教皇的注意，他回過頭，看著手持短刀、倚在牆邊的黑髮男子，先是一愣，然後恍然大悟。

光明教皇扯了扯嘴角，硬拉出一抹笑，對著守護自己的幾名黑暗獵人下令。

「殺了他。」只有淺短的三個字。

被留下的幾名黑暗獵人輕點著頭回應，恭敬目送光明教皇離開。

菲爾德無奈的被黑暗獵人們絆住，只能看著光明教皇越走越遠。

看來光明教皇也不知道神術失效的原因，才會頭也不回的前往楓林學院。

那麼，那裡到底發生了什麼樣的奇蹟？

——祂，醒了。

身為土地神的信奉者，珀因感覺到他的神醒來了。

方才光明神術強大的力量衝擊，以及教會成員為了保住自己小命，皆是強行施展全力，以最快、最強的力量抵擋光明神術的攻擊。

最後的結果，就是讓珀因的吸收法陣把那些人的力量全數吸收，只是法陣的範圍有限，距離法陣設置地點——樹林區越遠的地方，吸收效果越差。

因為如此，面對這般強大的破壞性力量，縱使有珀因的法陣，加上學院本來就有設置結界，依然無法完全抵銷光明神術的破壞。

等到禁咒法陣的餘波消失後，楓林學院處於半毀狀態。

「格里亞，到底發生了什麼事！」

楓林學院的校長——茲克，使用傳送魔法，出現在樹林區。

他看著幾乎全倒的樹林區，再指著周圍殘破毀壞的景物，對格里亞連連抱怨：「就說不能全權交給你處理，現在學院就是這個樣子！」

「宿舍那一區呢？」格里亞最關心這個。

畢竟目前全部院生都被強迫滯留在宿舍，那裡如果出事……

「沒事。好歹學院是有能人的，宿舍是保住了，但那些人也全累倒了。」茲克校長翻了翻白眼，「如果真有院生出事，我才不會在這裡質問你。」

「嘛，說得也是。」格里亞目光一轉，移到光明教會的人身上，「不過這次不關我的事，全是那些人弄出來的。」

「光明教會。」茲克校長忿忿哼了口氣，重重吐出這四個字。

事情已經亂了，楓林學院的校長還突然跑來湊數，光明教會和黑暗教會的人開始思考，該不該先一起合作對付楓林學院。

從他們進入楓林學院到現在，可以感覺到，學院一直是主導的一方。

或許，打從一開始決定進入楓林學院的決定是錯的。

他們被那位學院護衛隊的隊長算計了。

chapter 02 甦醒的土地之神

沒有預兆的，僅在一瞬之間。

所有人都感覺到一股詭異的神力波動竄起，下一秒，他們發現另外一股氣息在樹林區出現，還有人闖進來？

對於在這時刻進入的人，就算沒有說出，但所有人的共同心聲都是認為對方是來撿便宜的。

但他們一轉頭，朝疑似闖入之人所站的地方望去，卻發現站在那兒的不是別人，是旅店情報商之主——珀因。

明明是另一人的氣息，照道理而言，是不可能會出現在同一個人的身上。

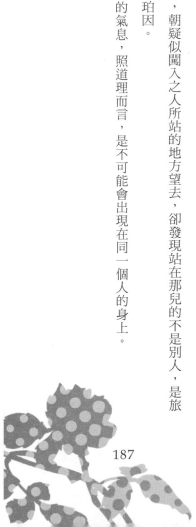

在這樹林區有不少人與珀因合作過，對於珀因驟變的氣息，所有人皆對他露出一抹詭異的神色。

他們知道那道氣息的主人並不是珀因，但事實擺在眼前，他們不得不信。

要怎麼做才可以讓一個人身上的氣息大轉變？

而且那股氣息讓他們很不自在，他們不自覺的向後退了幾步，想要逃離這地方。

驀然，一道傳送法陣憑空出現，接著又出現第二個。

兩道魔法陣先後走出兩個人，他們一出來，有兩組人馬發出用力的抽氣聲。

「教、教皇冕下？」

「教王菲亞德？」

光明教會與黑暗教會的人，不約而同說出來者的身分。

茲克校長和格里亞也朝來人看了幾眼。

「金頭髮的和黑頭髮的是……」

「光明教皇和黑暗教王。」茲克校長睨了格里亞一眼，「什麼『金髮』、『黑髮』，他們好歹是一教之長，沒必要把他們形容的跟路人沒啥兩樣吧？」

格里亞偏過頭，假裝沒有聽到校長的話。習慣、習慣，這都是習慣，要他改很難。

「可惡，這到底是什麼鬼狀況？」

菲亞德一踏出傳送法陣，看到有人對他品頭論足就算了，還調侃他！

雖然菲亞德心中對此不太愉快，但還是把注意力放在「重點」上。

「神力波動，看來不是錯覺。」菲亞德抽了抽嘴角。

「菲亞……教王陛下，那是什麼意思？」由於周圍有不少教會的人在，亞爾斯諾便用官方稱謂來稱呼菲亞德。

「我跟那傢伙。」菲亞德朝光明教皇比了比，淡淡的說：「同時感覺到學院裡有第四位神明的力量，所以過來看看。」

「第四位神明？」亞爾斯諾皺眉，就是先前感覺到的詭異神力波動？

「對了，教王陛下，您說『同時』，您和光明教會的教皇冕下在一起？」

略帶殺氣的言詞從亞爾斯諾的口中溢出，菲亞德才不會告訴他，他們兩個當時處於一個被圍毆、一個悠哉離開的狀態，他只是偏頭看向珀因，「果然。」

第四位神明的神力波動已經親眼確認，他以前在查閱教會內的聖典、書籍時，就有注意到一個疑問，為什麼他們的三個神明是離開、失蹤，或者被驅除？

除非水世界信奉的神明並非此地原來的神，在這水世界裡還有第四名真正的神祇。

不然，當黑暗、光明和元素三位神明失蹤後，水世界豈不是會有失衡現象？

真是如此，那麼有一天這片土地真正的神明出現了，他們該怎辦？

而現在菲亞德就遇上了這個難題。

「你是誰？」

光明教皇眯起眼，緊盯著珀因。

珀因緩緩抬起頭，眸中透出藍色的眸光，他朝光明教皇、黑暗教王，以及默不作聲的元素使者分別看了一眼。

珀因沒有回答，格里亞倒是不滿的替他開口。

「水世界原有的土地神。原來吸收到法陣的力量是要給予土地神的，難怪法陣就像無底洞，吸收的力量有進無出。」

話雖如此，格里亞並沒有要襲擊珀因的打算。

剛吸收完力量醒來的土地神，他惹不起。

「別這麼說，要不是因為你的『邀請』，我等信奉的神明不會這麼快甦醒。」珀因對格里亞微微一笑，道出感謝的話。

「少來了，你不是珀因吧？沒必要學著他說話。」格里亞也回了珀因一個微笑，「土地神吶，醒來後你打算拿我們怎麼辦？」

「這嘛，該認真處理這裡的事情了。」珀因嘆口氣，「都鬧這麼大了，『你們』還不來處理？」

狂風捲起一瞬，又恢復平靜，周圍沒有特殊變化。

珀因又說：「還想要拖時間？『你們』是想要把這個世界弄毀才甘願？」

這話一出，格里亞看到學院上方出現三個透明的空間魔法。

「格里亞先生，那裡面有東西？」龍夜見狀，瞇起雙眼仔細觀察。

黑色一個、白色一個，以及有著多重色彩的「形體」一個，分別在空間裡。

「啪。」空間破裂，三道形體猛地降下。

落地的同時，形體化為人形。

只是這三位一化成人形，所有人都詫異到眸子瞠大，懷疑自己看錯了。

de mon cher papa et sa mort glorieuse, ce que
mais combattue par

那是兩男一女的孩童。

「很抱歉，水世界的土地神。」金髮男童吐出話語，對水世界的神明道：「先自我介紹，我是光明。」

「黑暗。」黑髮女童扯了扯嘴角，跟著介紹自己。

「元素。」褐髮男童很有禮貌的點頭說道。

「好簡單扼要……」龍夜眨了眨眼。

「嗯……可能是土地神的關係？」格里亞揮動摺扇說道：「與其報上自己的名字，還不如報上自己的家門？」

就算是如此，神明也沒有自己的名字。格里亞心中如此想著。

不過，為什麼是孩童樣貌？

難不成這些神明有什麼特殊嗜好不成？

果然，格里亞才剛想完……

「小孩子？」珀因冷冷說道：「是認為我會對小孩子手下留情。」

「因為趕時間。」元素苦笑，「才會用這樣的形體過來此地。」

「解釋原因之前，我替我的信徒的所作所為向您道歉。」黑暗鞠躬道歉。

光明見狀，也有樣學樣鞠躬，「實、實在很抱歉。我們沒有想到會變成這樣。」

「算了。」珀因淡淡的說：「既然你們回來這裡，我只有一個小小要求，你們遺留在這裡的力量結晶──也就是所謂的聖物，全都收回，我不希望再見到這片土地出現任何一個有關於聖物糾紛的事件。」

珀因想了想，又說：「或者該說是，不要在我的世界裡出現所謂的人們犧牲自己，維持聖物運作的蠢事。」

此話一出，光明與黑暗露出一抹苦澀的笑。

以前聖物並不是那樣維持的呀，如果他們沒有離開，就不會發生這件事了。

面對突然降臨的神明，所有人都無法適從的僵住。

認為有些事只需要特殊的人知道，珀因施展魔法，設置一個空間，留下光明教皇、黑暗教王以及元素使者，讓他們這些神和神明最大的信奉者好好談話。

沒想到，條件一設定出來，連龍夜等人也進入珀因所設的空間。

「怪了，明明設置除了他們之外，水世界居民自動驅逐的結界了。」珀因看著格里亞、龍緋煉以及龍夜，有些後知後覺道：「原來如此，你們是外來者？」

「對。」格里亞點頭，「我們是從聖域來的。」

珀因點頭，打算重新設置結界。

只是他才抬手，龍緋煉阻止了珀因。

「我們也算是當事人，就讓我們旁聽。」

「也好。」珀因沒有拒絕，「異界之人，就請你們當見證人。」

龍緋煉點頭應允。

「這、這樣好嗎？」龍夜驚恐回應。那是別人家的事情吧？留在這裡聽似乎很不道德。

「好呀，為什麼不好？」格里亞笑了笑，「都被捲入別人的『家務事』裡，如果不把前因後果聽清楚，我會後悔的。」

龍夜頓時說不出話來。他懷疑格里亞是要趁機會多挖一點消息，以後好方便勒索光明和黑暗教會吧！

「閒雜人等都不在了，你們可以說出離開這裡的原因嗎？」珀因很不愉快的提示，「請不要敷衍我，我要聽實話。」

「說那件事之前，我要說明一下，我們離開這裡並不是希望水世界變成延續我們之間戰爭的戰場，我們沒有想到，因為我們的離開，反而讓這裡的狀況變得更糟。」黑暗長嘆口氣，對現在的事態表示無奈。

然後她繼續解釋。

以屬性而言，黑暗和光明在天性上是無法並存的，就算當初他們還有元素一起創造開發這個水世界，但久了之後必定會出現衝突。

水世界的人，他們知道自己的行為舉止神明都看在眼裡，所以在光明、黑暗以及元素之神還在時，信徒們會自動與信奉其他神明之人保持距離，和平共存。

但時間一長，還是會發生一些零星衝突。

不論是信徒，還是他們己身。

神明的權力是很大的，他們的一舉一動，信徒們都看在眼裡。

光明和黑暗教會這兩個極端的存在，遲早會出現衝突，縱使是偏向不想要介入兩邊爭鬥的元素，也嗅出不對勁的氣味。

三個信仰裡，雖然每一方的信徒都差不多，但以總體而言，元素這一方的人比較多。

元素有光和闇，那是光明和黑暗的專有色。

但是元素那一邊還是有具備這兩種力量的魔法師，光明和黑暗他們則擔心元素汲取的信徒力量比他們還要多。

面對光明和黑暗的疑慮，元素是看在眼裡的。

他看著自己的信徒在一些地方過著被排斥的生活，再加上光明和黑暗那邊三不五時出現衝突，元素認為總有一天自己會被爭鬥牽連，於是決定離開水世界，往後他的信徒得到的力量將會降低，就不會因為太強而被光明和黑暗雙方當成眼中釘。

因為如此，元素是第一個離開的。

但他是偷偷離開，不讓人知道動向，僅以為是失蹤。

元素沒有想到，他的選擇卻讓光明和黑暗雙方出現更多的紛爭。

元素一失蹤，光明和黑暗各自認為是對方暗中動手，也因為這個原因，黑暗更加確定自己想要離開水世界的決心。

所以，第二個離開的神是黑暗。

最後留下來的便是光明。

「原來如此。」菲亞德喃喃道：「可是元素之神和黑暗之神離開了，光明之神又為什麼會瘋掉、然後被驅逐？」

「原因很簡單。」光明淡淡的說：「因為水世界只剩下一位神明。」

元素有自己的眷屬神，況且他離開時有做足準備，非常確定自己離開後，對水世界不會有不良影響。雖是如此，元素信仰還是潛到幕後，深怕少了神的庇佑，光明與黑暗教會會找他們的麻煩。

而黑暗沒有考慮任何的可能，只是想要快點離開，匆匆離開的結果，便是沒有做足準備，黑暗信仰少了信仰的神明，立刻少了力量的來源。

而光明則是更慘，由於三神裡有兩神離開，原本互相制衡的力量瞬間傾倒到光明的一邊，由於力量過度的傾斜，出現很多不好的現象。如果光明繼續待下去，水世界會受到影響，不是成為另一個光明世界，就是毀滅。

因為這個水世界的屬性跟光明並不是很融洽，先前能留下還是因為有其他神的存在，反而能取得另一個平衡。

為了保住世界，最後光明的離去是被信徒「驅除」，也就是求他離開的。

不論是選擇失蹤、暗自離開、還是被「驅除」的三位神明，離開水世界後，因為有了前車之鑑，所以他們到各自不同空間，開創自己的世界，不再與別的神合作，這樣一來就不會出現水世界的狀況。

也因為三位神明因不同理由倉促離開，聖物就被留在水世界。

「好一句倉促離開。」珀因冷哼。

就因為忘了帶走聖物，才替水世界招來這麼多的禍端。

「我走得太趕，很抱歉。」

面對土地神的不滿，黑暗很不好意思。

「呃，我是拿那東西做離開後的頂替，以免我的信徒被迫害。」元素含糊解釋。

聖物是他刻意留下的，好在離開後，不會發生他不想看見的事。

光明不想多說，總之，他是被驅除的，聖物有沒有拿走……當然沒有。

「因為離得太遙遠，當我發現遠在水世界的結晶會傳回信仰之力，是很久之後的事，又因為距離太遠，感受不到異變就以為沒事。」黑暗有點尷尬。

誰讓她重新創造世界的地方實在太過於偏遠，再加上她是匆促離開，水世界的座標遺失了，只靠回饋的信徒力量尋找座標也有可能會去錯地方，她根本沒辦法回到水世界。

當然，光明和元素也是一樣，他們當初走了沒想過回來，就不曾注意過座標。

「這理由我勉強接受。」珀因淡淡的說：「撇開聖物，你們的信徒呢？知道你們的信徒做了什麼嗎？」

殺害同胞，換取聖物「永續經營」，真虧光明和黑暗那邊的人想得出來。

對於元素，土地神可以選擇放過，但針對光明與黑暗離開後，自己的信徒對同伴所做之事，他就無法原諒。

信徒的糾紛是水世界的亂源，這個根本問題一定要解決。

「關於這一點……」黑暗望向菲亞德。「為什麼他身上屬於我的黑暗波動少得可憐？」

「接下來要請你們這些最高權力者說明了。」格里亞笑著說道。

「嗯。」龍緋煉點頭附和。

「緋煉大人知道原因？」龍夜有聽沒有懂，這些神明的糾紛好複雜。

「不知道。」龍緋煉搖頭，「讀心被阻隔。」

在這空間裡有四位神明，龍緋煉對於讀心術完全失效一事早就預料到了。聽不到也挺好的，這樣他可以慢慢聽解釋打發時間。

「別想隱瞞，我會知道的。」黑暗瞇起眼，鄭重警告。

因為黑暗看到菲亞德不自覺的望向光明教皇，看來一切的原因就是光明那邊的人。

面對眾神的逼問，菲亞德先開口了：「我沒有實權。負責處理教會事務的人是大主教們，不是我。」

黑暗皺眉，「我設置教會時，最高的權力象徵是『教王』，不是嗎？」

教王擁有晉見神明的權力，那是神明代言人的象徵。如果教王沒有實權，又怎麼成為信徒的典範？

「原因我不知道。」菲亞德苦笑，「據我所知，黑暗教會這條隱性規定也行之有年了。到我這一代，我接任教王工作後，更是確立教王位置的可悲。比我當祭司、大主教時還要慘，我不能做出任何的決定，我必須要聽從其他大主教的意見，他們不開心、討厭我的作法，也可以用革職威脅我，讓我知道誰是真正的掌權者。」

說到這裡，菲亞德又哼了一聲。

「革職很恐怖嗎？」龍夜壓低嗓音詢問格里亞。

「會被做掉。」格里亞將摺扇置在脖子前面，由左往右輕輕一劃，做出切割的動作。畢竟是權力核心的「象徵」，該知道的內幕一個不少，哪可能放人離開。

「對，就是那樣。」龍夜和格里亞的談話被菲亞德聽見，他肯定的回答。

「嗯，請繼續。」格里亞沒良心的說。

菲亞德長嘆口氣，「我繼任教王位置沒多久，便聽說光明教皇的位置傳承給下一任教皇，那是事情的開始，而我也後悔當初的決定。」

往事不堪回首，菲亞德痛恨時間為何不能倒流，這樣他也不會落入現今這般慘狀。他狠瞪著光明教皇，菲亞德看著露出張狂笑容的光明教皇，心中更是加深想要把他碎屍萬段的想法。

「哼，那是你自找的。」面對菲亞德忿怒的目光，光明教皇淡漠的說。

——這兩人怎麼聊起來了？

龍夜看著菲亞德和光明教皇，腦中冒出疑問。

「那是以前不懂事，才被假情報騙去。」菲亞德冷聲說道：「拜你所賜，我在教會的地位變得更低下。」

信奉的神明並不在這個世界。

那是菲亞德在黑暗教會一步一步往上爬漸漸得知的「事實」。

神明並沒有存在於這個世界上，他們自己就是教會、信徒的神明。

菲亞德是那樣認為的，因為教會的人隱瞞了神明不在的事實，為了保留神明賜與人們的力量，他們還找到了維持聖物的方法。

——信眾之血。

而且必須是在教會工作的信徒，也就是祭司之血。

祭司是神明最虔誠的信徒，用他們的血可以維持聖物的運作。

光明教會與黑暗教會的人各自發現這條可行之道後，便有了雙方檯面上、檯面下的衝突與合作。

菲亞德認為那是消極的作法，與其和光明教會合作、維持聖物的運作，還不如讓黑暗教會壯大，讓黑暗教會成為讓光明教會畏懼之存在。

只是他沒有想到，因為這個想法，他卻被光明教會算計。

而光明教會的光明教皇，本身就是權力的核心，掌控著整個光明教會，但這樣根本就不夠，他想要讓光明教會更加強大，只是一直沒有這樣的契機。

當他知道黑暗教會有一名不想要被教會控制的教王，他就有了一項計畫。

光明教皇派出一名黑暗獵人，讓他刻意找上菲亞德。

菲亞德並不難聯絡，可能是他並非黑暗教會的主要權力人員，僅是一個象徵，所以他並沒有像光明教皇一樣，身邊有很多教會騎士保護，暗處也有黑暗獵人陪同。

黑暗獵人向菲亞德告知關於光明聖物放置的地點。當然，黑暗獵人通報完這項消息，就被光明教皇暗中處理掉。

光明教皇相信，菲亞德知道這項消息必定會有所行動。雙方教會的祭司力量必須靠聖物來運作，菲亞德若是想要讓黑暗教會壯大，甚至是要掌握黑暗教會的權力，最快的方法就是削弱對方力量。

——聖物，那是極其明顯的目標。

只要毀掉或帶走光明聖物，光明教會必定礙於聖物在黑暗教會的手裡，不得不被黑暗教會限制，而菲亞德也可以因為自己擁有光明聖物，得以控制光明教會這項優勢，讓黑暗教會評估黑暗教王這個人的價值。

但這也要計畫成功，實行時不能被任何人發現。

一旦被黑暗教會發現他的意圖，下場一定會很慘。

所以菲亞德獨自潛入了光明教會，意圖偷走光明聖物，而這樣自行獨斷行動的結果，換來的是無盡的後悔。

踏入祭祀聖物的聖壇殿，菲亞德在裡面看到光明教皇，知道自己被騙了。

光明聖物所在的聖壇殿裡充滿了光明氣息，菲亞德的力量幾乎被壓制住，面對落入敵人陷阱的局面，菲亞德是打算要逃走的。

但結果卻是失敗，最後他配戴的黑暗聖物的分身聖物被切開一半就算了，他身上的力量還被光明教皇搶走。

從那天起，對於黑暗教會、光明教會之事，菲亞德再也無能為力。

「就那樣。」菲亞德抿了抿唇，狠瞪著光明教皇，「直到現在我還是搞不清楚，從我這裡帶走力量和部分聖物分身是有什麼用處。」

光明教皇勾唇輕笑，「不，是有用處的，而且很好用。」

光明聖物和黑暗聖物的力量雖然相反，也是互相壓制的極端力量，但反過來，聖物互相可以催化力量。

光明教皇將從菲亞德那裡竊來的黑暗氣息埋入自己的身體，再利用少部分的黑暗聖物催逼光明聖物，讓聖物可以一直持續不斷發揮出最大的力量。

因此，光明與黑暗這兩種極端的力量在他的體內不斷拉鋸，而為了讓身上的黑暗聖物的分身碎片可以維持效力，他甚至派出黑暗獵人抹殺黑暗教會的人，將那些黑暗信徒的血用在聖物碎片上……

慢慢的，光明教皇漸漸被相反屬性的力量侵蝕，最後就變成光明教會內部熟知的既獨裁又殘忍的光明教皇。

「身上有黑暗元素？為什麼看不到？」龍夜瞇起眼仔細觀察光明教皇，他看不出這個人身上有第二道力量的痕跡。

「無法發現是正常的。」格里亞瞥了龍夜一眼，「他不是說可以壓制？沒看到的話，應該是那部分的力量被封鎖了。」

「嗯。」珀因瞇起眼觀察光明教皇，「這就是近年來光明教會行事作風越來越強硬的原因？」

光明教皇是權力的中心，只要他下命令，沒有一人敢不聽從。

珀因朝光明看了一眼，「你的信徒自己解決。」

同樣，黑暗也看過去，「把我的信徒力量還給他。」

面對珀因和黑暗同聲出氣，光明摸了摸鼻子，勾勾手指，將光明教皇身上的黑暗力量歸還。

黑暗元素瞬間被抽走，光明教皇藏匿在身上的黑暗聖物氣息也浮了出來，黑暗順手將聖物碎片收回。

等到光明教皇身上的黑暗氣息與聖物都被拿走，光明再將早已侵蝕光明教皇內心的力量排除，讓他恢復原狀。

菲亞德眨了眨眼，錯愕的摸了摸自己的身體。

——他的力量回來了。

「吶，我的代言人，這樣一來，應該沒有多大的問題了。」黑暗雙手扠腰，不滿的說：「代言人居然被信徒壓制，這要我的面子往哪擺？」

「還說這些？」珀因提醒，「別忘了，我要你們把聖物全都帶走。」

「我沒有忘記。」黑暗說著，並對元素問道：「你那邊呢？為什麼你的代言人會在這時間點跑出來？」

黑暗的疑問也是格里亞想要知道的。

三位神明與土地神解釋原因時，格里亞聽到的重點，是元素準備充分的「消失」，怎麼會在這時間點出現所謂的元素聖物守護者？

「啊！」格里亞發出驚呼聲，他知道原因了。

元素聖物出現的時機。

「元素聖物是刻意放出來的。」龍緋煉道出格里亞的猜測。「既然做足了準備，聖物又怎麼會突然出現在別人的地盤裡？」

「對。」元素瞇起眼，露出得意的笑，「是我做的準備，為了不讓黑暗教會或光明教會其中之一被對方所毀滅，一旦出現這種可能，聖物就會離開原來存放的位置。」

「所以你早就想到了？」光明和黑暗同時大喊。

這就是有準備和沒準備的差別？

「對，不過土地神的甦醒不在我的意料之中。」元素也挺意外的。

他先前的準備，確實免除了黑暗教會被光明教會激進派毀滅的可能，而他最後的、還能確保聖物運作的守護者，就是提供信仰之力達成計畫順利施行的功臣。

只是他沒有想過，當初只是除了保住信仰的小小心思，居然因為「元素聖物」的出現，讓土地神的信徒趁機讓土地神從淺眠到完全甦醒。

「不過這樣也好，我們不也終於回來這個地方？」

元素淺淺一笑，但光明與黑暗笑不出來。

「前因後果我都明白了。」珀因說：「接下來，你們要怎麼處理？」

「在商談處理之前，可以讓我說一句話嗎？」格里亞打斷四位神明的討論，「那傢伙把學院弄到半毀，我需要光明那一邊的人賠償學院損失。」

「你們的問題稍待解決，他們的比較重要。」珀因先給予格里亞解決事情的承諾，對三位神明說道：「他們要不要帶走聖物，這是非常重要的問題。」

談了這麼久，珀因都沒有從光明與黑暗以及元素那裡聽到回收聖物的承諾。

「這次離開，我會把力量結晶帶走。」黑暗說道。

「我也是。」光明亦同。

「我……」元素含糊說道：「我會派人將力量結晶帶走。」

——派人帶走？

珀因皺眉，朝格里亞看了一眼。

元素聖物就在那個人的身上，看來元素是打算將聖物給予那名異界之人。

既然元素處理好聖物的歸處，珀因不再追問。

元素的確是要把元素聖物交給格里亞處理，那是格里亞和元素之間的私底下交易。

畢竟聖物的持有人就在現場，連凡納斯特都知道聖物在他身上，更何況是元素之神。

他拿著元素聖物這件事不能讓龍緋煉知道，格里亞只好先和元素使者協調，讓他去問問神明的意思。

因為土地神的強烈要求，光明、黑暗以及元素不能把任何的力量結晶遺留在水世界，他們這次回來，在離開前要把所有的後續動作處理完畢。

既然斷了水世界這條可以提供信仰力量的來源，把力量結晶——聖物拿走也沒有多大意義，既然格里亞要帶走，就讓他帶走。

不管元素怎麼權衡利益得失，把聖物讓給有需要的人，他還可以要求拿走聖物的格里亞對著聖物輸送力量，藉機賺取額外的力量來源。

怎麼想，交給格里亞都比較划算。

當然，這些檯面下的交易就用不著搬到檯面上說明，大家心裡有數就好。

chapter 08 離開的人

聖物的問題順利解決，土地神已經沒有什麼好交代的了。

唯一該問的是：「你們打算什麼時候離開？」

回收聖物的速度應該很快，他只是隨口問問而已。

對於這個問題，光明、黑暗以及元素互相看了看，最終決定了。

由沒有添太多麻煩的元素率先開口，「我的信徒……不對，應該是那些使用元素力量的水世界居民，可以交給你照顧嗎？」

「可以。」珀因點頭應允。

畢竟元素之神的信徒沒有鬧出什麼流血衝突，加上使用元素力量的人們如果突然失去能力，水世界一定會大亂，因此珀因答應了元素的請求。

「你們呢？」珀因乾脆一點，對光明和黑暗說：「你們有什麼要交代的？照顧信徒？」

「這一點就不用了。」光明和黑暗已經先私下討論完了。

光明說道：「方便的話，可以請你幫我們宣傳一件事嗎？」

「什麼事？」

「通知所有水世界的光明信徒與黑暗信徒，我們暫時歸來的目的是要帶走聖物，也因為回來的關係，如果他們想要一起離開，那就一起走；如果不願離開，我們帶走聖物後，信奉者不再擁有光明與黑暗的祈禱神力，在這個水世界只能過著普通人的生活。呃，這樣好像太狠了一點？」光明說到一半，轉頭對黑暗抗議。

「呃，抽掉信仰的力量，就剩下光明與黑暗元素的力量？」黑暗想了想，「頂多是讓留下的光明信徒和黑暗信徒轉當輔助系的魔法師吧？」

不過也要有辦法轉型才行，除掉信仰所給予的力量，教會的人跟廢人無異。

「好。」珀因答應這項要求，還有額外補充，「我會把你們的意思傳達到世界各個角落，也會告訴他們，就算沒有與你們離開，變回普通人，他們也一樣有自己的信仰自由。」

光明和黑暗同時點頭，這樣的作法他們可以接受。

「你們離開的時間和地點給我，我好發布通知，讓他們在限定的時間內與你們一起離開。你們也可以趁空檔時間將這裡的事情處理完畢。」

說完，珀因揚手，解開周圍空間。

「等一下！學院的賠償問題呢？」

看珀因的動作，似乎是有離開的打算，格里亞馬上喊住對方。

開什麼玩笑，學院的事還沒有解決，那些神想要離開？不可能！

「『神』的問題我解決了。」珀因淡淡的說：「『人』的問題由你們與珀因協調。」

空間解除，三神自動離開，土地神也從珀因的身上脫離，去做回歸的準備，還要將光明與黑暗的話語傳達出去。

忽然發現好像缺少了一段時間，茲克校長眨了眨眼，看了看附近。

「剛才發生什麼事？我怎麼會有忘掉什麼的感覺？」

看來土地神離開時，對在場眾人的記憶動了手腳，讓他們遺忘三神與土地神的降臨。

雖是如此，光明神術對學院的傷害還在，茲克校長看著光明教皇，露出想要將他剝皮洩恨的神情。

光明教會對學院造成的傷害，變相由被留下的土地神代言人珀因處理。

珀因看了看格里亞，無奈的接手，「詳細情況我有聽說，這件事可否交給我處理？」

珀因從土地神那裡知道所有事情的前因後果，也知道身為外來者的格里亞幾人，無辜被牽連成當事者，如果龍夜他們有什麼特殊要求，只要不會太過分就可以答應。

畢竟土地神能夠這麼快甦醒，算是龍夜他們的功勞。

要不是他們對水世界的事一點也不熟悉，要不是因為格里亞想到要用元素聖物這個誘餌當作解決問題的方法，土地神不會提前醒來。

「可以。」格里亞點頭答應。

土地神離開珀因的身體前，有留下一些力量，那是要讓他方便善後。

珀因抬手發動土地神的力量，頃刻間就讓學院殘破的外觀恢復原狀，完好如初，還讓所有在學院受傷的人們傷口自動恢復。

看到亞爾斯諾傷勢全好，菲亞德拍拍他，「我們該走了。」

「去哪裡？」亞爾斯諾不解的問。

「回到教會你就知道了。當然，他們也要跟著離開。」

菲亞德所指的是學院內的黑暗信眾。

菲亞德吹起開心的哨音，他打算離開這個世界，在那之前，要先將黑暗教會的人帶回，讓他們知道「神諭」。

光明教皇看著離開的菲亞德和黑暗教會的信眾們，微微聳肩，目光移到米隆、米那，以及激進派的成員，還有黑暗獵人身上。

「回教會。」他拋下跟菲亞德一樣的話。

等其他人反應過來後，光明教皇打開傳送法陣，他們一起回到光明教會。

茲克校長看著黑暗教會與光明教會的人先後離開，一臉納悶。

「他們怎麼突然走了?之前不是在爭什麼?」

「協商好了就不用再爭。」格里亞笑著解釋，「校長，你以後不會無聊了，現在多了一個土地神，之後還有很多後續事情需要處理。」

「嗄？」校長不想蹚這個渾水，直言道：「我先離開了，這裡就交給你處理。」

「沒問題。」格里亞晃晃摺扇，對校長揮手道別。

校長離開後，樹林區只剩下珀因還有龍夜等人。

龍夜看已經沒事，對龍緋煉問道：「緋煉大人，要讓月他們回來嗎？」

龍月和疑雁、酒店情報商和暗殺者組織應該還在調查光明教會之事，既然教會問題已經解決，應該可以讓他們回來了。

「我已經通知了。」龍緋煉不喜歡把人力浪費在無用之事上，早在土地神解開結界後，就傳訊通知了。

珀因正打算問龍夜他們還有沒有事要他處理，如果沒有，他就要協助土地神的宣傳工作，讓水世界的居民早點熟悉這個世界原本的神明。

但在開口前，他注意到龍夜身上有兩個靈魂波動。

一個是龍夜本人，另一個是別人，那是與龍夜感覺相仿，卻不相同的靈魂。

可能是土地神特意留了點力量，珀因才會注意到龍夜身上的不協調。

因為如此，他終於明白當初在旅店接龍夜的任務，為什麼會覺得有兩個不同的人，一下子給他精明幹練的感覺、一下子又是天真無知的模樣。

那並非龍夜自己刻意為之，原因在於龍夜身上還有另外一個靈魂。所以那位與他合作愉快的人，是龍夜體內的另外一人吧？

珀因半瞇著眼，細細打量著龍夜，看著他體內的另一個靈魂。

他看得出來，另一個靈魂的靈魂波動非常微弱，雖是在同一個身體之內，但實際上，那道靈魂排斥著目前所待的身體，但還是安然的留在那個軀體裡。

可能是因為這並不是這個靈魂本來的歸處，使得靈魂身上有著很多複雜的波動，那應該是將靈魂植入身體的魔法術式。

將一個人的身體裡植入錯誤的靈魂，兩個不同的靈魂皆在同一副軀體裡，只會有兩種可能，一是原身體主人的身體被另一個靈魂佔據，另一種則是讓被植入的靈魂承擔非常高的消失風險。

珀因再詳細看了看，確定龍夜體內的另一個靈魂是後者的情況。

那靈魂給他的感覺就像燭光一樣，隨時都會熄滅。

珀因暗中使用土地神的力量，查探龍夜身上的另一個靈魂，他發現那道靈魂還是有自己的歸處，但不是在這個世界，而是在另一個遙遠的空間。

珀因想了想，決定讓那道靈魂回到應該要去的地方。

事實上再不回歸的話，說不定就是下一刻，那個靈魂便要湮滅了。

既然決定幫忙，珀因立刻發動土地神的神術，讓那道靈魂回歸。

一切僅在一瞬間，珀因施放魔法，龍夜只看到一道光打入他的身體，那魔法並不是針對他，而是身體內的暮朔。

龍夜還來不及反應，唯一知道的就是白光過後，他的內心空蕩蕩一片，再也感覺不到重要的、親愛的也是最依賴的哥哥大人暮朔。

暮朔不見了？

他聽不到暮朔的聲音，之前暮朔因為祭司的攻擊而受傷，或者是假裝睡覺切斷聯繫，讓他以為暮朔消失，但他的心底還是有著暮朔存在的感覺。

龍夜現在只感覺到「自己」，這個身體給他一種——身體終於是自己的錯覺感。

暮朔不見了，他感覺不到暮朔的存在。

那是真正的消失。

暮朔離開了這個身體。

因為珀因的關係，暮朔不見了。

龍緋煉先看到珀因的動作，再看著龍夜的反應，二話不說，衝上前抓住龍夜的手，瞇起那雙紅色的瞳，注視著龍夜。

「……不見了？」龍緋煉不信的低喊。

他聽不到暮朔的聲音，就算他抓著龍夜的手，也感覺不到暮朔的靈魂。

「嗯，那個錯誤的靈魂幾乎要崩潰了，我不確定他還能停留多久，在還能挽回的時候就立刻送他走。」珀因見他十分關心那個靈魂，很乾脆的解答。

龍緋煉聞言，甩開龍夜的手，質疑的看向珀因。

珀因是土地神的代言人，由於他身上持有的神明力量非常濃烈，龍緋煉無法讀出珀因的心音，他看著珀因，思忖著到底該不該相信。

「你將他送去了哪裡？」龍緋煉壓抑著怒氣追問。

「嗯？不能讀我的心了？」珀因偏頭輕笑道：「看樣子神留在我身上的力量讓你無法聽出我的內心聲音。」

「緋煉。」格里亞瞥了龍緋煉一眼，不贊同的搖頭。

「我知道，我還不能被趕出去。」龍緋煉淡淡應答。他不是傻子，一旦惹怒了土地神，他們很有可能被趕出這個世界。

而現在知道暮朔下落的，就剩眼前這個送走了暮朔的土地神代言人。

「那個靈魂已經回到他該去的地方。」珀因不在意的解釋著，「我發現那個靈魂……」

「他叫暮朔，是我的哥哥。」龍夜低垂著頭，前額的髮絲遮蓋住雙眼，看不出神情。

「哦，原來如此。」珀因心想，難怪靈魂的波動會如此相似。

「你說的該去的地方是什麼意思？」龍緋煉稍微有些急躁了。

珀因眨了眨黑色的眸，「就是把那個靈魂送到本應屬於他的軀體之內。」

龍緋煉和格里亞互相看了對方一眼，對這種說法有些半信半疑。

格里亞對龍緋煉微微點頭，示意他先別開口，「你的意思是，你把暮朔的靈魂送到他的身體之中？他原本的身體據說是死亡了的。」

他記得當初暮朔會依附在龍夜身上，是因為被殺死的關係，如果珀因能夠將暮朔的靈魂送到所謂「屬於他的軀體」，意思是那名無良賢者真的找到瞭解決暮朔問題的方法？

那麼，暮朔現在就是在賢者那邊了？

「沒有死亡，我送到活著的身體裡。」珀因強調這點。

龍緋煉瞇起雙眼，「可以讓我去暮朔那裡嗎？」

他沒有立刻看到「活生生」的暮朔，實在無法安心。

「這……」珀因猶豫了，「很抱歉，這個要求我沒辦法辦到。」

「做不到？」龍緋煉瞬間暴怒，「你方才那些話是騙我的？」

「不是。」珀因否認，「我沒有欺騙你們，只送一個『靈魂』過去跟送一個『實體』過去，是有差別的。雖然你的力量本身就很強大，我可以設置座標，將你送過去，但我不能保證傳送時不會遇上風險，基於安全考量，我不能冒險送你過去。」

——安全考量？

龍緋煉冷笑。

若是有方法可以將他馬上送到暮朔那邊，安全什麼的都不需要考慮。

「我可以承擔傳送風險。」

「緋煉！」格里亞喊住了龍緋煉。

連土地神的代言人都說會有危險了，他還是堅持要去？

龍緋煉警告的瞥了格里亞一眼，毫不在意的看回珀因，「既然我願意承擔風險，你應該可以送我過去了吧？」

珀因猶豫了許久，終於點頭。

「等一下！給我幾分鐘的時間跟這傢伙說一下話。」格里亞抬手喊停。

珀因見狀，抬手做出「請」的動作，格里亞動手將龍緋煉拉到旁邊談話。

「你是瘋了不成？土地神的人都說得這麼白了，你還是要去？」格里亞壓低嗓音，質問龍緋煉。

「是你的話，會放過這次機會嗎？」龍緋煉的決定是不放棄。

「這……」格里亞頓時語塞，不知道該如何回答。

「別以為我不知道你有隱瞞我的事情，我只是不想問。」龍緋煉冷笑。

格里亞搔搔臉頰，露出不知道該如何是好的神情，只能「嘿嘿」的乾笑。

「元素聖物就在你身上吧？」龍緋煉也想明白了。

格里亞嘴角抽了抽，不知道該不該與龍緋煉坦白。

「不說也沒關係。」龍緋煉現在不在乎這些了，「從元素跟土地神說的那句話判斷，你與元素達成了某個協議，不過，我不想知道。」

「什麼嘛，原來你都知道了。」格里亞挫敗的嘆息，原先他還以為自己隱瞞的很好，原來是自己想的太美好，那些動作全被龍緋煉看在眼裡。

「不想做太多的干涉。」龍緋煉認真的說：「你們，都是同一種人。」

不論是賢者、暮朔還是格里亞，一旦決定了某件事，必定會小心眼的獨自執行到底，不願別人幫忙，不然賢者不會無故失蹤、暮朔對於自己的狀況不會堅持不處理。

至於格里亞，應該就是收集那些物品吧？

龍緋煉是這樣認為的。

「你太抬舉我了。」格里亞輕聲道：「我可是需要別人幫助的可憐人！」

格里亞的嗓音很輕，輕到讓龍緋煉差點漏聽他這句話。

「是嗎？」龍緋煉扯了扯嘴角，「你只是很會利用人而已。」

格里亞微微聳肩，沒有回應。

對，他很會利用別人，他只求最後結果沒有人干涉就好。

格里亞就是這樣打算的，所以他才會只告訴龍月他的計畫，其他都隱藏起來，包括他的真正目的。

「這個給你，我不需要了。」龍緋煉隨手一拋。

格里亞反射的抬手，接住物品，那是一顆透明圓球。

——這是賢者的信物，龍夜所持有的木盒內的物品。

物品拋出，龍緋煉沒有與格里亞繼續談話的打算，直接走向珀因。

格里亞見狀，搖頭嘆氣，他看著手中的透明圓球，露出苦澀的笑。雖然最後拿到了賢者的信物，但他的心情卻很複雜。

格里亞默默收起賢者信物，走了回去。

「小助手。」格里亞神色複雜的喊人。

龍夜愣愣抬起頭，暮朔的消失讓他太過震驚，目前還無法讓腦袋正常運作。

格里亞皺眉，抬起手，用力朝龍夜的額頭敲下。

「醒來了沒？」

「醒、醒來了。」

龍夜搗著頭，可憐兮兮的點頭。

格里亞這一敲倒是讓他清醒了一點，本來想掉下來的眼淚，在想起珀因說的，是把暮朔送回原來的、活著的身體裡、他沒有消失後，轉變成嘴角咧開的微笑。

「這樣想就對了，暮朔沒死呀，他會等你找到他的。」

「是。」龍夜點頭，這次他徹底清醒了，眼裡更閃爍著希望。

「我們過去吧？」格里亞看龍夜恢復正常，就朝龍緋煉走去。

龍緋煉看著格里亞和龍夜朝他走來，「怎麼，還有事？」

「沒有，我和小助手想要看著你離開。」

龍緋煉挑眉，轉身催促珀因，「進行吧！」

「你沒有說服他？」珀因苦澀的看了格里亞一眼。

土地神是讓他盡量幫忙，不是讓他做這種對生命有高危險的遠距離傳送！

「腦袋跟石頭一樣，說不通。」格里亞放棄強求了。

「好。」珀因再問一次，「準備好了？」

龍緋煉淡淡點頭，「嗯。」

「很危險的。」珀因長嘆口氣，對於一心前往的人，他不能多說什麼。

「放心。我很擅長在各個世界移動，不會有任何問題。」

龍緋煉畢竟是龍族的指導者，真要遇到什麼傳送的危機，他早就遇到了，更何況風險他願意承擔，珀因要是再阻止他，只怕他就要當場翻臉了。

對龍緋煉而言，面對可以直接前往暮朔所在之地的方法，他願意嘗試。

只要他能夠很快親眼看到暮朔一點事都沒有的模樣，放下這顆長年以來一直緊壓他心底的大石，就算危險，他也要嘗試。

「話先說在前頭。」龍緋煉抬起眼，認真對他說道：「如果我一離開這裡，發現事實並不是你們說的那樣，我會回來找你們，不論你們是否是土地神或者是代言人，我一定會回來報復。」

「放心。不會有這個機會的。」面對龍緋煉的威脅，珀因並沒有放在心上。

接著不給龍緋煉再放話的機會，珀因打開傳送法陣，那是一個黑色的法陣，法陣設置在龍緋煉的腳底下，然後光芒亮起，龍緋煉的身影消失在傳送法陣裡。

「離開了。」

格里亞閉起雙眼，感應龍緋煉的氣息，最後探測的結果，是已經消失。

面對龍緋煉的離開，龍夜看著那道法陣很久很久，「我、我也想……」

「什麼你也想？」格里亞雙手扠腰，一臉忿怒。

「我也想要去！」龍夜大喊，緋煉大人都去找暮朔了，他也要！

「珀因先生，我也要去暮朔所在的地點。」

下定決心，龍夜緊盯著珀因，認真吐出要求。

「你，好像搞不清楚狀況。」珀因搖頭長嘆，「方才我與那個人說的話，你沒有聽？」

「抱歉，剛才我陷入暮朔消失的打擊裡，老實說，有很多話我都沒有聽進去。」

「真是的。」珀因只好再對龍夜解釋，「那個人之所以能夠離開，是因為他夠強悍，所以我可以將他送出去，而他也可以承擔傳送的風險。」

「既然緋煉大人可以離開，我應該也可以吧？」龍夜還是不懂。

「你？」珀因笑了，「你的話，連傳送法陣能不能運轉都有問題吧？」

莫名其妙被土地神的代言人調侃，龍夜瞬間有些茫然。

「那個人之所以能夠離開，是因為他能力強大，所以我只要將自己的力量作為導引，將神術施加到他身上，引出他身上的力量，他就可以離開。」珀因朝格里亞比去，拿他做範例，「如果格里亞也要離開去追那個人，憑他的實力沒有問題。」

「我就不行？」龍夜被打擊到了，因為他太弱，所以不能？

「嘛，小助手，你別聽他亂說。」格里亞嘴角微微抽搐，「就算綠髮的讓我去，我也不敢篤定自己能夠平安無事的到達目的地。」

龍緋煉是仗著自己長年當指導者，擁有頻繁進出各個世界的經驗，可以應對珀因口口聲聲的危險傳送。但他不一樣，他平生第一次使用傳送法陣就是來水世界。

說實話，他雖然是無領之人，會各種無領的法術，但論力量，他還是比龍緋煉差一點，所以要做危險的事之前，他還是要三思。

「是這樣嗎？」龍夜瞠大雙眸看向格里亞。

既然連格里亞都這麼說了，他也只能放棄嗎？

「唉。」珀因看他那麼可憐，不得不幫忙想方法，「其實也有折衷方案。」

「請跟我說！」龍夜聽到一線希望，雙眸頓時發出希望的閃光。

「只要你修煉到可以讓我發動傳送法陣，我可以找出一條最靠近那道靈魂，讓你可以安全抵達的道路，讓你平安的去找人。」說到這裡，珀因想了想又說：「不過你要記住，那是『最靠近』，而不是就在那個人、那道靈魂所在的地方。」

「我知道。」龍夜用力點頭，他明白珀因的意思，也十分感謝他想的方案。「到時候，我修煉到可以離開的水準時，希望你可以實現你的諾言。」

「我會的。」珀因朝格里亞和龍夜點頭，便與他們道別。

——因為我太弱了。

珀因離開後，龍夜垂下眼簾，認真思考珀因所說的話。

折衷方案固然是好，但以距離而言，不能直接前往暮朔所在的地方，讓他的心裡有些受傷。但同樣的，珀因提出的方案也給了他希望。

「唷，疑雁小鬼跟龍月來了。」

格里亞靜靜看著龍夜好一會兒，然後像是感覺到什麼，朝遠處眺望，便看到龍月和疑雁兩人用跑的方式來到他們所在的地方。

疑雁的小狼緊跟在他腳邊，一起來到格里亞的身旁。

格里亞看著疑雁的寵物，刻意低垂著頭，掩住臉上神色。那隻小寵物跑過來的同時，他清楚感覺到身上的元素聖物出現些微的法術波動。

是使用的時機到了嗎？格里亞思考著。

「嗯？」一來到樹林區，龍月發現這裡只剩下格里亞和龍夜。

「緋煉大人呢？他叫我們回來，怎麼人卻不見了？」

「你們錯過了很多好戲。」格里亞輕輕一笑，「恭喜你們以後不需要被光明教會追殺，他們不會找你們麻煩了。」

「發生什麼事？」龍月不解的問，疑雁也露出一樣的疑問神色。

格里亞展開銀白色的摺扇，扇身遮蓋住臉部，嘴角噙著一抹笑，將事情的前因後果全數道出。

當龍月聽到暮朔的靈魂離開了龍夜身體、龍緋煉也離開水世界，還有珀因答應龍夜的條件，以後可以送他去找暮朔後，頓時說不出話來。

——暮朔的事情就這樣解決了？

想到這裡，龍月只能苦笑。

他們，龍緋煉、格里亞、還有他，因為暮朔靈魂的問題而不斷找尋解決方案，沒想到一名剛甦醒的土地神和代言人就將這個麻煩處理完畢。

他該開心，真的。

暮朔的問題解決了，接下來，就是要將暮朔找出來。

「格里亞，你打算怎麼辦？」龍月問道。

「我也要離開這裡了。」格里亞有他要進行的事。

「什麼？」龍夜驚喊。

連格里亞也要離開？

這樣的話，留在水世界的人不就只剩下他、龍月和疑雁三人？

「嘛，我來這裡的目的是暮朔呀，既然暮朔不在這裡，我也該走了。」

「你要回聖域嗎？」龍月左思右想，只想到這個可能。

「可能嗎？」格里亞笑著搖頭，「賢者還沒有找到，我若是這樣回去，鐵定會被砍。」

「嗯。」疑雁認真的點頭，「就算暮朔師父沒事了，賢者也要找。」

格里亞聽著疑雁的話，露出淺笑當作回應。

龍緋煉去追暮朔了，而他，要去找賢者，讓賢者回歸聖域，解決那些擱置多年的大小事件。

畢竟暮朔的問題已經解決，賢者繼續鬧失蹤，他這名賢者義子就要大義滅親了。

他拿起龍緋煉離開前給他的透明圓球，看著圓球外頭驀然出現的凹痕，忍不住發出嗤笑聲，該不會暮朔的離開也在賢者的計算裡？

格里亞沒有想到，暮朔的靈魂被珀因送走，疑雁的小狼一靠近他，那顆透明圓球就出現變化，出現這樣的凹痕。

看來他必須要快一點逮到賢者，好好逼問前因後果。

龍夜愣愣看著格里亞手中的圓球。

他不明白被龍緋煉收走的信物，為什麼出現在格里亞的手中？

「是緋煉給我的。」面對眾人的疑問眼神，格里亞淡淡回應。

格里亞拿出校長給他的賢者玉珮，玉珮毫無阻礙地嵌入透明圓球內。

他向上一拋，圓球自動顯現出一道傳送法陣，法陣刻印在地上綻放，與浮在半空中的透明圓球不斷共鳴，發出些微的光輝。

龍夜看著格里亞弄出的法陣，內心有新的想法。

龍夜的眼神透露出他的意圖，格里亞不允許的喝止：「小助手，停止你的想法。這個是單人使用的傳送法陣，只有我可以進入。」

「可是……」既然有別的出入方法，為什麼一開始不明說？

龍夜把餘下話語嚥下，神色複雜的看著格里亞。

「小助手，你很弱。」格里亞不是故意打擊，是說真話，「所以，就算我能夠帶你去，我也不願帶著你一起。」

對於格里亞的指責和拒絕，龍夜無法反駁。

「格里亞。」龍月喊住了他。

「怎麼？」格里亞笑著看向他。

「你打從一開始就決定要自己離開？」龍月皺緊眉頭。

「對。」格里亞不否認。

「元素聖物，你拿走元素聖物的目的是什麼？」想了許久，龍月終於問了這個問題。

令他訝異的，莫過於這段話居然可以「說」出來。

看來格里亞已經沒有打算隱瞞持有元素聖物這件事了。

龍夜聽到龍月這席話，露出錯愕的神情。

「別這麼訝異，小助手。」格里亞晃晃摺扇，輕鬆說道：「人總是要留一、兩張底牌的，不是嗎？」

龍夜緊閉著嘴，神情非常複雜。

格里亞朝龍月看去，「一開始我就說了，那只是個『保險』。」

不過那道保險因為暮朔離開的緣故，沒有了使用價值。

雖然他有想過要還給元素之神，但又想到留著以後也是會有用處，就打消了念頭。

「怎樣的保險？」龍月又問。

「現在，多說無益了吧？」格里亞終止談話，走到傳送法陣的上頭。

「格里亞先生。」龍夜雙目緊盯著格里亞，想到他跟在格里亞身邊的種種事情，喊住了他，「其實都是我想太多，對吧？」

格里亞勾著唇，沒有回應。

「我……無法相信您。」

從龍月口中知道元素聖物就在格里亞身上，龍夜便知道從以前到現在，他認知的「好人」，城府非常的深。

他無法相信格里亞打從一開始便決定這樣做，他們每一個人都被格里亞耍得團團轉。難怪暮朔以前常跟他說，不要太相信任何人，就算對方說得振振有詞，也要留下保留的餘地。

「這樣不錯。」格里亞露出意義不明的笑容，「懷疑一個人的感覺如何？你就是太過相信人了。」

龍夜還來不及消化格里亞這段話的意思，格里亞就發動傳送法陣，離開了水世界。

Final 留下的人們

數日過後——

水世界到處傳播著土地神回歸，以及光暗兩神回歸又即將離開的消息。

部分想要與自己信奉的神明一起離開的信徒，各自在旅店情報商的協助下，來到設置法陣的地點，前往神明的世界。

雖是如此，部分的教會人員選擇留下照顧不願離開的信徒。

例如米隆和米那，還有菲亞德。

米隆和米那成為了光明教會的掌權者，他們兩人一起處理教會事務。

菲亞德本來是想去另一個世界，又想在水世界達成最初的願望，在回到黑暗教會後，將黑暗之神的話語傳遞出去的同時，他終於確定自己真正的目標，就是發揮自己的實力，讓那些黑暗教會的大主教們閉嘴，讓他重新回到權力核心。

亞爾斯諾原本有想過要和黑暗之神一起離開，但想到呆蠢的黑暗教王如果沒有了他，有可能後續處理做到一半，就被一群不滿的人暗殺掉，只能認命選擇和菲亞德一起奮鬥，留在這個世界裡。

至於楓林學院，突然少了格里亞這名護衛隊的隊長大人，倒是起了不少波瀾。

茲克校長從龍夜他們那裡知道格里亞疑似找到賢者所在的地方，便不計較格里亞的擅自離開給學院添了多少麻煩。

這樣也好，少了一名禍害，可以減少學院的災害損失。

同時茲克校長也希望格里亞可以找到賢者，讓他能跟賢者控訴格里亞的不良作為。

而龍月去了一趟威森酒店，告知威森有關龍緋煉離開的事情。當然，換來的是威森感激的擁抱。看來龍緋煉來到水世界，見過威森之後，對他產生的壓力太大。

疑雁也去影會告訴他的銀狼族同伴，讓他們知道暮朔、龍緋煉還有格里亞已經離開、另外則是，賢者的所在地點可能找到了。

從疑雁那裡得知新消息的瑟依和青路，立刻將消息回報到銀狼族。

接著，又過了數天——

「疑雁，你確定不和你的族人一起離開？」龍夜愣愣詢問疑雁。

「不了。」疑雁摸著寵物小狼的頭，「我要找暮朔師父，我會跟你走。」

「這樣呀。」龍夜不知道該怎麼回應疑雁。

面對疑雁死心踏地的跟隨，突然覺得他和暮朔真的收了一名好徒弟。

「月，你呢？」龍夜看向龍月。

「嗯，青路要回銀狼族，他可以順便送你離開。」疑雁淡淡的說。

「你們不是要找暮朔？我也會跟著去。」龍月搖頭拒絕。

「我、我不勉強你陪我。」龍夜緊張的說。

龍夜的思緒經過這幾天的沉澱，也將自己的事認真思考一遍。

他不想勉強別人留下，陪著他修煉、跟他一起找暮朔。畢竟，這是他自己的決定，沒有必要拖著別人與他做一樣的事。

——該學著獨立了。龍夜是這樣想。

「我沒有被你勉強。」龍月笑了，「暮朔欠我一個交代，所以我要親眼見到他沒事，我才能甘願、放心。」

畢竟他因為暮朔的事而被龍緋煉和格里亞拖下水，就算暮朔離開龍夜的身體，他也失去了可以利用的價值，但看在他曾是擔心暮朔靈魂狀況的人之一，他要親眼看到暮朔在他的眼前，他才願意離開。

「而且，你還需要一名協助修煉的幫手，不是嗎？」

「嗯。」面對好友的義氣相挺，龍夜笑著點頭。

龍夜會暫時留在楓林學院。

這是他的決定，校長的三項任務已經完成，代表他正式成為特殊班的院生，所以他要在這個地方一邊學習、一邊修煉，充分利用學院的資源，讓他達到更好的學習效果。

一定可以找到暮朔。

不論花費多少時間，他一定要找到暮朔，然後告訴他，他的笨蛋弟弟成長了，憑著自己的力量來到他的面前。

對，等到那遙遠的未來實現時，他一定要這樣對暮朔說。

龍夜雙拳握緊，內心下了重大決定與宣誓。

他的心裡更踏實了。

只是話說回來，等到暮朔真的看到他時，會露出怎樣的神情呢？

不過，龍夜沒有設想暮朔可能會有的表情。

龍夜要把那份「驚喜」留到他離開水世界，直到他們兄弟重新見面的那一天。

雙夜06再見，哥哥大人　完

——《雙夜》全套完

postscript 後記

《雙夜》的故事終於結束了。龍夜和暮朔這對兄弟終於分開了，龍夜也正式過著屬於他「自己」的人生。

打完的瞬間，頓時有魂魄飛離的錯覺感。

內心只有終於結束《雙夜》的奇妙感覺。

這次照慣例依然是後記劇透，請先翻到後記的讀者大人往回看，不要被後記給捏光光喔！

格里亞這回是腹黑模式大爆發，不只要拉龍月下水，也打算隱瞞所有的人完成他的目的。在這一集，光明和黑暗教會之間的紛爭也解決了，三位神明的出現，也讓這詬病許久的問題得以解決。

但實際上，最倒楣的應該是土地神吧？

別人踩在祂的地盤上，祂還要去思考怎樣才能完善的處理這些問題。

不過，土地神的挑戰還要繼續下去呢（笑），祂和水世界的居民會有一段磨合期，希望珀因這名代言人先生不會累到死。（合掌默哀）

對於最後，暮朔被土地神驅離龍夜的身體後，就這樣回到自己的身體裡了，還真是恭喜他。（拍掌）

不過暮朔回到自己的身體後，一定會把賢者痛毆一頓吧？畢竟罪魁禍首就在旁邊，不打可惜。

至於暮朔家出品的笨蛋龍夜，暮朔離開之後，也要認真修煉，他可是被珀因標上弱者標籤，連發動傳送法陣都有問題的人。

如果龍夜真的想要見到暮朔，也只能請他好好加油，畢竟憑暮朔那個性，他自己去水世界找龍夜的機率根本就是「零」。好不容易逮到可以讓弟弟認命成長的時刻，說什麼暮朔也不會破壞這個好機會。

還有龍月和疑雁，疑雁這名標準的暮朔師父至上的寶貝乖乖徒弟，不去追暮朔就不像他了，面對暮朔的離開，疑雁一方面替暮朔開心，他不用擔心他家師父會消失了，另一方面卻也擔心暮朔離開後，會和賢者一樣鬧失蹤，這樣他回到聖域，也不知道該不該告訴其他人，他有了暮朔這名師父。

基於以上原因，疑雁鐵定會加入龍夜的修煉陣線，好好的鍛鍊自己，一起離開水世界尋找暮朔。

而龍月，他是標準的超級大笨蛋！雖然口口聲聲都是要見到暮朔才甘心，但那是藉口，實際上就是放不下龍夜這名好友。虧龍緋煉和格里亞都警告過他，但那些人全走了，龍月考量到他們這一團目前處於沒有「大人」的狀態下，責任心發作了。（戳龍月）

然後，離開水世界的龍緋煉和格里亞會有什麼行動，也要他們到達目的地後，看到了「什麼」才會知道吧！

《雙夜》是真的結束了，感謝各位讀者大人的觀看，在這最後感謝編輯平和万里，她在《雙夜》耗費的心力超多，也不知到她吐了幾缸子的血，真的辛苦她了。（大大鞠躬）

如果各位讀者看完後，有什麼心得，歡迎來到我的出沒地點喔！

以下是我的出沒地點，歡迎大家踏踏～

部落格：http://wingdark.pixnet.net/blog

噗浪（PLURK）：http://www.plurk.com/wingdarks

-Komische oper-
幻影歌劇
米川明
烏綠
初次見面，您好，
我是帶領您欣賞這齣歌劇的說書人。
請您靜靜地聽我講述，那段被遺忘的故事，
請您跟我一起同享，那首充滿希望與愛的神曲……
當禁忌與背德激起漣漪，
命運的轉輪開始啟動，
您，準備好了嗎？
節目已經開演，迎您加入這個沒有止境的夜晚……
全國各大書店、租書店、網路書店持續熱賣中
01來自魔鬼的請柬
02綺想曲
03魔鬼的顫音
04愛情靈藥
05公主夜未眠
★更多詳細內容請搜尋★
不思議工作室_
立即搜尋
典藏閣
采舍國際
www.silkbook.com
版權所有© Copyright 2012

者系作者七夜茶　又一力作
合修真與魔法的英雄小說
七夜茶×嵐月
靈能之森
with great power, comes great responsibility.
傳說，在此刻成為現實——
從天而降的超能力種子，讓平凡少年變身成為超級英雄，
原本他只想利用這新能力來賺點零用錢，
但是，接連發生的追殺事件，卻完全顛覆了他的想像……
少年的體悟——能力越大，責任也越大！
01風暴始動
當少年遇上蘿莉天使……
02戰爭序曲
夢想，靠自己實現！
四月
驚豔上市
03天機初現
我想要的自由，無人能阻！
全國各大書店、租書店、網路書店熱力販賣中！
★更多詳細內容請搜尋★
不思議工作室
立即搜尋
典藏閣
采舍國際
www.silkbook.com
版權所有© Copyright 2012

雙夜/DARK櫻薰作. -- 初版. 一新北市：
華文網，2011.05-
冊； 公分. --(飛小說系列)
ISBN 978-986-271-231-3(第6冊：平裝). ----

857.7 100005809

My brother,
lives in my body.

DARK櫻薰/NOVEL
薩那SANA. C/ILLUST
006

雙夜

再見，哥哥大人

飛小說系列028

雙夜06-再見，哥哥大人(完)

出版者■典藏閣
作　者■DARK櫻薰　繪　者■薩那SANA.C
總編輯■歐綾纖　企劃主編■平和万里
製作團隊■不思議工作室
郵撥帳號■50017206 采舍國際有限公司（郵撥購買，請另付一成郵資）
台灣出版中心■新北市中和區中山路2段366巷10號10樓
電　話■(02)2248-7896　傳　真■(02)2248-7758
物流中心■新北市中和區中山路2段366巷10號3樓
電　話■(02)8245-8786　傳　真■(02)8245-8718
ISBN■978-986-271-231-3
出版日期■2012年07月
全球華文國際市場總代理／采舍國際
地　址■新北市中和區中山路2段366巷10號3樓
電　話■(02)8245-8786　傳　真■(02)8245-8718
新絲路網路書店
地　址■新北市中和區中山路2段366巷10號10樓
網　址■www.silkbook
電　話■(02)8245-9896
傳　真■(02)8245-8819

☞您在什麼地方購買本書？☜

□便利商店＿＿＿＿＿□博客來　□金石堂　□金石堂網路書店　□新絲路網路書店

□其他網路平台＿＿＿＿＿□書店＿＿＿＿＿市／縣＿＿＿＿＿書店

姓名：＿＿＿＿＿地址：＿＿＿＿＿＿＿＿＿＿＿＿＿＿＿＿＿＿＿＿＿＿＿＿

聯絡電話：＿＿＿＿＿電子郵箱：＿＿＿＿＿＿＿＿＿＿＿＿＿＿＿＿＿＿＿＿

您的性別：□男　□女

您的生日：＿＿＿＿＿年＿＿＿＿＿月＿＿＿＿＿日

（請務必填妥基本資料，以利贈品寄送）

您的職業：□上班族　□學生　□服務業　□軍警公教　□資訊業　□娛樂相關產業

□自由業　□其他＿＿＿＿＿

您的學歷：□高中（含高中以下）　□專科、大學　□研究所以上

☞購買前☜

您從何處得知本書：□逛書店　□網路廣告（網站：＿＿＿＿＿＿＿）　□親友介紹

（可複選）　□出版書訊　□銷售人員推薦　□其他

本書吸引您的原因：□書名很好　□封面精美　□書腰文字　□封底文字　□欣賞作家

（可複選）　□喜歡畫家　□價格合理　□題材有趣　□廣告印象深刻

□其他＿＿＿＿＿＿＿＿＿＿

☞購買後☜

您滿意的部份：□書名　□封面　□故事內容　□版面編排　□價格　□贈品

（可複選）　□其他

不滿意的部份：□書名　□封面　□故事內容　□版面編排　□價格　□贈品

（可複選）　□其他

您對本書以及典藏閣的建議＿＿＿＿＿＿＿＿＿＿＿＿＿＿＿＿＿＿＿＿＿＿＿＿

＿＿＿＿＿＿＿＿＿＿＿＿＿＿＿＿＿＿＿＿＿＿＿＿＿＿＿＿＿＿＿＿＿＿＿＿

＿＿＿＿＿＿＿＿＿＿＿＿＿＿＿＿＿＿＿＿＿＿＿＿＿＿＿＿＿＿＿＿＿＿＿＿

✌是否願意收到相關企業之電子報？□是　□否

✍感謝您寶貴的意見✍

✌From＿＿＿＿＿＿＿＿＿＿＿@＿＿＿＿＿＿＿＿＿＿＿＿＿＿＿＿＿

♦請務必填寫有效e-mail郵箱，以利通知相關訊息，謝謝♦

印刷品

$3.5
請貼
3.5元
郵票
不思議信箱
FUSIGI POST

235 新北市中和區中山路二段366巷10號10樓

華文網出版集團 收

（典藏閣－不思議工作室）